바람 부는 날 강가에 서다

바람 부는 날 강가에 서다

1판 1쇄 발행　2022년 9월 20일

지은이　　김효진
발행인　　이선우
펴낸곳　　도서출판 선우미디어
　　　　　등록 | 1997. 8. 7 제305-2014-000020
　　　　　02643 서울시 동대문구 장한로 12길 40, 101동 203호
　　　　　☎ 2272-3351, 3352 팩스: 2272-5540
　　　　　sunwoome@hanmail.net
　　　　　Printed in Korea ⓒ 2022. 김효진

값 13,000원

※ 이 책은 ⚙ 충청북도 충청북도, 📺 충북문화재단 충북문화재단 문화예술육성지원사업의
　　지원금으로 발간되었습니다.
※ 잘못된 책은 바꿔 드립니다.
※ 저자와 협의하여 인지 생략합니다.

ISBN 978-89-5658-712-7　03810

바람 부는 날 강가에 서다

김효진 수필집

선우미디어

책머리에

.
.
.

내 삶은 매 순간이 기적이었습니다.

그래서 그저 감사할 뿐입니다.

인생은 테바라고 합니다. 물에 띄워진 방주처럼 삶은 내가 조정하는 것이 아니라 물의 방향에 따라 흐르는 것이라고 합니다.

나는 최선을 다했을 뿐, 나에겐 어떤 섭리, 이끄심이 있었음을 확신합니다.

내면 깊숙한 곳에서 옹그리고 있는 '어린 나'를 보듬어줍니다. 누군가 아물지 않은 상처가 있다면 이 책이 울림이 되길 소망합니다.

가슴 깊이 묻어둔 아버지를 떠올립니다.

돌아보면 아픔이었지만 다시 돌아가고 싶을 만큼 그립습니다.

서로가 버팀목이 되어 튼실한 삶을 가꾸어 온 우리 형제들에게 박수를 보내며, 고단한 삶을 사셨던 아버지께 이 책을 바칩니다.

그동안 간간이 써왔던 글과 발표했던 작품들을 모아보니 마냥 부끄럽습니다. 그럼에도 햇살이 눈부신 이 가을날, 당신과 함께 하게 되어 행복합니다.

책을 내는 데 많은 도움을 준 가족들에게 고마움을 전하며, 지원해 주신 충북문화재단과 출판을 맡아준 선우미디어 사장님께 감사의 말씀 드립니다.

2022년 아름다운 가을날
김효진

차례

내 젊은 날의
초상

다시 강가에 섰다. 인생을 한 바퀴 돌고.

변한 것은 아무것도 없다. 내 모습만 변했을 뿐.

굽이진 물줄기, 눈이 쌓인 강 언덕,

억새에 서걱거리는 바람조차 똑같다.

아픔이었지만 추억 속의 강이다.

삶은 우연이라고 하기에는

뭔가 엄청난 신비가 숨어 있는 듯하다.

- 본문 중에서

유년의 뜰

.
.
.

분꽃 향기 가득한 마당에 둥근 상을 놓고 칠 남매가 모여 앉았다.

돌판에 삼겹살을 굽고 밭에서 뜯은 상추와 쑥갓을 수북이 쌓아놓고 막걸리 잔을 기울였다. 구순 노모는 의자에 앉아 자식들이 먹는 것을 뿌듯하게 구경하고 계신다.

어릴 적에도 이런 모습이 자주 있었다.

할머니와 아버지만 따로 상을 차려 드리고 우리는 커다란 양푼에 보리밥을 담아 상추와 고추장을 넣고 밥을 비벼서 빙 둘러앉아 먹었다.

그런데 지금과 다른 것은 밥이 늘 부족했다. 그래서 어느 정도 먹고 나면 수저를 내려놓곤 했다.

먹는 게 즐거운 건 예전이 더 했다. 엄마가 콩가루를 넣고 칼국수를 해주면 열무김치와 양념간장을 해서 한 대접씩 먹어도 밤이 되면 속이 또 출출했다. 그래서 저녁에 먹다 남은 노란 양은 그릇의 풀처럼 되어버린 국수를 갖다 놓고 한 숟가락씩 떠먹곤 했는데 또 그 맛이 기가 막히게 좋았다.

우리 집엔 붉은 암탉이 두 마리 있었다. 하루는 마당을 돌아다니던 암탉이 안 보이더니 갑자기 꼬꼬댁거리며 우는 소리가 났다. 재빨리 달려 가보니 북데기 속에서 암탉이 나오는데 거기를 둘러보니 닭이 앉았던 동그란 흔적이 있고 그 위로 볼그스레한 달걀이 보였다. 기적이었다. 난 따듯한 달걀을 집어드는 순간 나도 모르게 그걸 아랫니로 톡톡 깨어서 구멍을 내고 달걀을 쪼옥 빨아먹었다. 얼마나 고소하고 맛이 있던지, 혀를 낼름거리며 나머지를 쪽쪽 빨아먹는데 맙소사, 엄마와 눈이 딱 마주쳤다.

'이 지지배가 즈 오빠 차비할 걸 처먹으면 우떡해여?'

그렇게 지청구를 들을 걸 각오하고 고개를 처박고 도망을 쳤다. 그런데 엄마는 아무 소리도 하지 않았다. 또 한 번의 기적이었다. 그 다음부터 난 닭이 알을 낳으면 감히 먹을 생각을 못하고 꺼내다가 도톰하게 쌀이 깔린 바가지에 넣어놓곤 했다.

난 고소한 생달걀을 한번 맛본 것만으로도 흡족했다. 그것은 나는 귀한 큰딸도 아니고 이쁜 막내딸도 아니고 그저 있는지 없는지도 모르는 중간에 낀 넷째 딸이니, 금지옥엽 오빠와는 비교 대상이 안 되었다. 오빠는 우리 집 삼대독자다. 일곱 번째로 막내 남동생이 태어나기 전까지는.

쌀독 바가지에 달걀이 대여섯 개 모아지면 엄마는 그걸 지서 앞 가게에 팔아서 돈으로 바꾸었고 오빠의 중학교 차비가 되었다.

나를 돌봐주던 언니들이 돈을 벌러 객지로 나간 후 내가 막냇동생을 데리고 다녀야 했다. 딸이 많은 집에서 살아서인지 그애는 우릴 누나라고 하지 않고 언니라고 불렀다.

어느 날 동네 애들하고 산 밭으로 오디를 따러 가기로 약속했는데 어린 동생이 문제였다. 그래서 동생이 노는 틈을 타서 몰래 빠져나가려고 앞집 울타리 밑에 몸을 웅크리고 엎드려서 눈치를 살폈다. 그런데 나를 찾던 동생이, "언니야, 언니야" 하면서 서럽게 엉엉 울어댔다. 새까맣게 탄 알몸에 코를 훌쩍거리며 우는 그 모습이 어찌나 안쓰럽던지 나는 차마 동생을 떼어 놓을 수가 없었다. 그래서 얼른 나가서 입술까지 흘러내린 코를 손으로 닦아주고는 동생을 업고 오디를 따라갔다. 그렇게 데리고 놀아서인지 지금도 막냇동생은 다른 애들보다 더 마음이 쓰인다.

엄마는 읍내에 장이 서는 날이면 텃밭에서 키운 배추나 호박, 미나리 등 돈이 될 만한 것들을 묶어 머리에 이고 시오릿길을 걸어서 장터로 향했다.

엄마가 식당마다 돌아다니며 채소를 파는 동안 난 장구경을 하는 재미가 쏠쏠했다. 엄마가 채소를 다 팔고 그 돈으로 조개젓도 사고 번데기도 사서 먹으며 돌아오는 길은 흙먼지 날리는 신작로였지만 엄마와 함께여서 여유롭고 행복한 시간이었다.

우리 방은 항상 냉골이었다.

장롱에서 이불을 꺼내서 바로 덮으면 매우 차갑기 때문에 엄마는 저녁만 먹고 나면 이불을 미리 깔아놓곤 했다. 그러나 워낙 방이 추워서, 처음 이불 속으로 들어가면 얼마나 추

운지 옷도 벗지 못하고 몸으로 이불의 냉기를 녹여야 훈김
이 돌았다.

우리는 밖에서 놀다가도 집으로 올 때는 학교 운동장에
떨어진 플라타너스 나뭇잎을 새끼에 꼬여 한 묶음씩 끌어다
부엌에 갖다 놓곤 했다. 그 나뭇잎은 이파리만 커서 호르륵
타면 그만이지만 텅 빈 부엌 한쪽에 땔 나무가 있다는 게 부
자처럼 느껴졌다.

학교를 안 가는 날에는 엄마를 따라 산에 나무를 하러 갔
다. 엄마는 낫으로 나뭇가지를 자르고 나는 갈퀴로 솔잎을
긁어서 자루에 담았는데 동네 사람들이 너 나 할 것 없이 나
무를 하러 다녀서 솔잎이 많이 쌓인 곳을 찾기가 어려웠다.

엄마의 나무 짐은 항상 무거웠다. 나는 엄마가 나무를 질
수 있도록 옆에서 거들어 주었지만 내 힘으로는 역부족이어
서 엄마는 몇 측을 일어나다 넘어지고 또 일어나다 주저앉
으면서 겨우 땅을 짚고 일어서곤 했다.

내 나뭇짐은 엄마보다 훨씬 작아서 한 묶음밖에 안 되는
데도 한참을 이고 오다 보면 점점 무거워지고 집까지 가는
길은 멀기만 했다. 그렇게 해 온 나무로 불을 때서 밥을 하

면 밥 익는 냄새도 좋았지만 솔잎이 빨갛게 타들어 가는 모습이 정말 이뻤다.

나중에 리어카를 사고부터는 일하는 게 훨씬 수월했다.

나뭇짐을 리어카에 수북이 쌓아도 바퀴가 달렸으니 잘 굴러가 신기하고도 재미있었다. 그런데 문제는 내리막길이었다. 앞에서 끄는 사람이 아무리 앞부분을 머리까지 치켜올리고 뒤에서는 동생들이 잡아끌어도 리어카는 무섭도록 내리 달려서 자칫하면 낭떠러지로 굴러떨어질 뻔한 적이 많았다. 그런데 자꾸 하다 보니 요령이 생겨서 내리막길에서는 굵은 나뭇가지를 바퀴 뒤에 묶어 놓았더니 위험하지도 않았고 우리는 어느새 리어카 끄는 선수가 되었다.

하금곡 논에서는 더 재미있었다. 논두렁에서 끌고 나올 때는 힘이 들지만 새로 포장된 아스팔트 길까지만 나오면 식은 죽 먹기였다. 우리는 작은 애가 잔뜩 볏단을 쌓아 끌고 가니 사람은 보이질 않고 리어카가 저절로 움직이는 것 같다며 장난을 쳤다.

우리 집에는 송아지가 있었는데 학교가 끝나면 개울로 풀을 뜯기러 다녔다. 노을 지는 저녁, 맑은 물에선 물고기가 튀어 오르고 여울물에 발을 담그고 있노라면 풀을 뜯는 소의 풍경 소리만이 아득히 들려왔다.

한번은 송아지를 끌고 오다가 고삐를 놓쳐서 송아지가 남의 밭으로 뛰어들어갔다. 엄마는 풀을 실컷 뜯기지 않고 데려와서 배가 고파 그랬을 거라고 했다. 그 다음부터 학교만 갔다 오면 소가 먹을 수 있게 쑥 뿌리를 캐러 다녔다.

우리 동네에 공장이 생기고 타지에서 온 아가씨들이 많아지면서 우리는 덩달아 흥이 났다. 밭에 심은 옥수수가 익기 시작하면 그것을 따서 찌고 한쪽에선 잘 익은 것을 골라서 커다란 바구니에 담으면 엄마는 옥수수를 팔러 공장 앞으로 나갔다. 그리고 엄마가 지폐를 들고 돌아오면 우리는 그 돈이 신기하고 좋아서 돌아가면서 세고 또 세었다.

중학교를 졸업하기도 전, 겨울방학 때 공장엘 들어갔다.

나는 여고에 진학하고 교대를 졸업해서 선생님이 되고 싶었는데 우리 집은 가난해서 나를 고등학교에 보낼 형편이 안 되었다.

처음 하는 공장일은 너무 힘이 들었다. 아침에 일을 시작하면 점심 먹는 시간만 빼고는 꼬박 앉아서 일해야 하는데 중간에 화장실을 가거나 옆 사람과 이야기를 하면 반장한테 눈총을 받았다. 하루 종일 고개를 숙이고 부품을 조립하고 나면 목과 어깨가 너무 아파서 밥을 먹을 때도 숟가락을 움직일 수가 없었다.

입사한 지 며칠도 안 되었는데 엄마는 내 월급으로 설날 음식을 장만해야 된다며 월급날만 기다렸다. 그렇게 가난한 우리 집에서 내 꿈은 점점 더 멀어져만 갔다.

우리 칠 남매는 서로를 의지하며 성장했고 언니들의 도움으로 학교에 다녔다. 특히 큰언니와 큰형부의 역할은 엄청났다. 큰언니네는 맏이라는 이유로, 그리고 서울에 산다는 이유로 동생들이 다 언니네 집을 거쳐 갔건만 언니 내외는 넉넉하지 않은 형편에도 동생들을 지극정성으로 보살펴주었고 형부는 아버지의 역할을 대신해 주셨다.

생각할수록 우리 어머니는 대단한 분이다. 자식들 배곯지 않게 하려고 산 밭을 일궈 고구마를 심고, 개울에 돌을 쌓는 부역을 나가서 밀가루를 타오고, 잠시도 쉬지 않고 일하셨다.

어머니는 지금도 빈 땅은 아까워서 그냥 못 둔다. 간신히 사람 하나 걸어 다닐 정도만 남기고 콩이라도 심고 고추 한 줄이라도 더 심는다. 그래서일까, 우리는 지금도 그냥 앉아 있질 못하고 이야기를 나누면서도 마늘을 까고 야채라도 다 듬어야 직성이 풀린다. 우리 형제들은 모두가 성실하고 그 덕분에 다들 밥술이라도 먹고사니 어머니의 극성스러움을 이어받은 셈이다. 감사한 일이다.

인제 어머니를 모시고 우리 칠 남매가 함께 할 수 있는 시간이 얼마나 될까. 우리 가족 모두 건강하고 우애있게 지내기를 바랄 뿐이다.

청솔가지 나뭇짐 지고 휘청거리던 우리 어머니, 용케도 구십 인생 살아내시고 우리와 함께 맛난 고기를 잡숫고 계신다.

그리움

.
.
.

나는 그림을 잘 못 그린다. 그런데도 유일하게 그리는 그림이 있다.

노오란 초가집, 장독대 옆 앵두나무, 널찍한 마당에 핀 많은 꽃들, 파란 하늘의 뭉게구름, 햇살에 반짝이는 미루나무 이파리, 동네로 이어지는 황톳길.

가을이 되면 우리 동네는 노란색으로 가득했다. 추수가 끝나면 집집마다 묵은 지붕을 걷어내고 이엉을 엮어 새로 해 덮으면 멀리서 보면 동네가 온통 황금빛이었다.

그런데 우리 집 지붕만은 항상 거무죽죽하고 골이 파여 있었고, 비가 새는 것을 막기 위해 덮어놓은 비닐이 바람이 불 때마다 허옇게 펄럭여서 나를 주눅들게 했다.

햇살이 비치는 바깥은 우리 방보다 더 따뜻했다.

바깥마당에는 앞집에 사는 재강이가 늘 혼자서 놀고 있었다. 그애 아버지는 술만 먹으면 식구들을 패고 살림을 때려 부쉈다. 그런 날에는 재강이가 굴뚝 옆에 앉아 마른 풀을 뜯고 있었고 나는 그애의 터진 손이 불쌍해서 그 곁에 같이 앉아있곤 했다.

길숙이네 마당에는 언제나 동네 애들이 모여 놀고 있었다. 자치기를 하고 전봇대에 매달려 숨바꼭질을 하다 보면, 술에 취해 비틀거리며 오는 아버지가 보였고, 아버지는 우리가 놀고 있는 바로 앞 논두렁에서 넘어지곤 했다. 나는 애들이 다 쳐다보고 있는 데서 온몸이 진흙투성이인 아버지를 리어카에 싣고 오면서 아버지가 얼른 죽었으면 좋겠다는 생각을 했다.

엄마는 아버지와 싸우면 막냇동생을 업고 집을 나갔다. 그런 날은 내가 저녁을 해야 했다. 우물 옆 마당에 화덕을 놓고 양은솥에 보리쌀을 씻어 안치고, 생솔가지에 불을 붙이려면 연기만 날 뿐 불이 붙질 않았다. 다시 부엌에서 솔잎을 긁어모아 솔가지 밑에 깔고 성냥을 그어 입으로 후후 불면 연기만 꾸역꾸역 나는 게 얼마나 눈이 매운지, 그렇게 몇 측을 하다 보면 속에서 불이 살아났다. 꽁보리밥을 하는 건 시간이 오래 걸렸다. 밥을 한 번 끓이고 한참 뜸을 들인 다음 또 다시 불을 때야지만 밥이 되었다.

밤이 이슥하게 되어도 엄마가 돌아오질 않으면 여기저기 엄마를 찾으러 다니다가 장터 명옥이네 집에서 엄마를 만나곤 했다.

"엄마 가자, 이제 그만 집에 가자." 애원도 해 보고 떼도 쓰고 해서 간신히 엄마를 데려오고 나서야 잠을 잘 수가 있었다.

길에서 어른들을 만나면 그들은 늘 아버지 안부를 물었다. 그 말이 그냥 인사치레라는 걸 알면서도, 내게는 '네 아버지 지금도 술 먹고 그러고 다니니?'라고 비꼬는 말 같아서 싫었다.

그날 밤에도 난 길숙이네 봉당에 서 있었다. 갈 곳이 없었다. 처음엔 간순이네 집으로 갔다. 그런데 조금 앉아있자니 저녁을 먹은 그 집식구들이 잘 때가 됐는지 이불을 깔았다. 더 있을 수가 없어서 그 집을 나와 영희네로 가니 거긴 벌써

불이 꺼져있었다. 이 집 저 집 몇 군데를 다 가봤지만 모두 잠이 들었는지 인기척이 없었다. 그렇게 온 동네가 고요 속에 잠들자, 지금쯤은 우리 아버지도 잘 거라고 생각하고 집으로 돌아갔다. 비는 부슬부슬 오는데 마루에 걸린 삼십 촉짜리 전등만이 간간이 흔들릴 뿐 집안은 적막했다. 마루 위로 살금살금 들어서는데 아버지 소리가 났다. 깜짝 놀라 후다닥 뒤 안으로 해서 다시 집을 빠져나왔다. 인제 갈 곳도 없었다.

길숙이네 봉당, 그곳은 참 좋은 곳이다. 아무도 없는 그곳에서 혼자 서 있으면 남의 눈치를 보지 않아도 되고 비도 맞질 않았다. 오도카니 아버지가 잠들기만을 기다리며 한참을 서 있는데 저만치에 성당이 보였다. 들어가 본 적은 없지만 그래도 다리를 뻗고 앉을 수 있을 것 같았다.

성당 문을 여니 깜깜한 게 아무것도 보이질 않았다. 발을 옮길 적마다 마룻장 삐그덕거리는 소리가 섬뜩했다. 무서움에 몸을 옹그리고 한참을 앉아있으니 어둠이 눈에 익고 조금씩 마음이 편안해졌다. 어느새 비는 그치고 유리창 밖 계수나무 사이로 달이 휘영청 밝았다.

눈물이 났다. 우리 아버지는 왜 맨날 술만 먹고 소리만 지르는지, 간순네 아버지는 지게 지고 다니면서 나무도 잘 해오고 문석이 아버진 마차를 끌고 다니면서 일을 하는데… 우리 엄마하고 동생은 지금 어디에 숨어 있을까, 생각할수록 자꾸 눈물이 더 났다. 그래도 옆에 아무도 없으니 소리내어 울어도 괜찮으니까 참 좋았다.

멍하니 달을 쳐다보면서 앉아있는데 문이 덜컹 열리더니 저벅저벅 소리가 났다. 얼마나 놀랐는지 가슴이 터질 듯 콩당거렸다. 이 밤중에, 이 깜깜한 곳에 누가 올리는 없는데, 누구지? 귀신인가? 얼른 기둥 뒤에 숨어서 두근거리는 소리가 들릴까 봐 가슴을 꼭 누르고는 가만히 서 있었다. 그리고는 살그머니 고개를 돌리는 순간 나는 소리를 지를 뻔했다. 아버지였다. 아버지가 무릎을 꿇고 흐느끼며 울고 있었다.

한참을 울던 아버지가 어깨를 축 늘어트리고 나간 뒤, 나는 들키지 않은 안도의 한숨을 쉬었다. 그리고는 달을 쳐다보며 많은 생각을 했다.

'아버지는 왜, 이 깜깜한 밤중에 성당엘 왔을까? 그리고 뭐가 슬퍼서 그렇게 오랫동안 울었을까?'

그런 생각을 하자 왠지 모를 서러움에 복받쳐서 나는 또 엉엉 소리를 내며 울었다.

그렇게 그 성당은 내가 숨는 장소가 되었다.

내가 서울에서 야간고등학교를 다닐 때 아버지가 돌아가셨다는 연락을 받았다. 그때 나는 슬프기는커녕 참 잘 됐다는 생각을 했다. 아버지는 나에게 늘 수치스러운 존재였고 나를 평생 주눅이 들어 살게 한 장본인이라고 생각했었다.

세월이 흘러 내가 어른이 되고 세상을 살아보니, 그날 밤 성당에서 아버지의 울음이 무슨 의미였는지를 짐작할 수 있게 되었다. 손에 흙 한번 안 묻히고 타인 등에 업혀만 다닌 금지옥엽 외동아들, 새 여자에 빠져 재산마저 다 팔아 갑자기 떠나버린 부친, 소박당한 모친을 바라보며 가슴에 쌓인 한(恨)…, 이상(理想)은 높고 현실은 따라주지 않았던 아버지의 고뇌, 마음 여린 아버지가 헤쳐나가기에는 세상의 벽이 너무 높았음을. 그런 아버지를 원망만 했을 뿐 한 번도 위로해 드리지 못하고 힘이 되어드리지 못한 것이 지금도 죄송하다. 그렇게 나는 아버지와 뒤늦은 화해를 하였다.

아버지, 참으로 고단한 삶을 사셨던 가엾은 우리 아버지! 이제 아팠던 기억들은 훌훌 다 날려 보내고 행복했던 모습만 간직하련다.

돌아보면 아버지에 대한 그리운 추억도 많이 있다.

여름날 앞마당에 돗자리를 깔고 〈푸른 하늘 은하수〉 노래를 가르쳐 주고 달이 뜨면 옥토끼가 나오는 옛날얘기를 얼마나 감칠맛 나게 하셨던가. 구수한 옛이야기는 밤이 이슥하도록 이어지고 그러다 우리가 잠이 들면 하나씩 안아 방으로 데려다 눕혀주던 아버지의 품이 그립다.

추석에 우리 칠 남매 아버지 손을 잡고 성묘를 갈 때면 과자를 엮어 목걸이를 만들어 주고 들국화를 꺾어 안겨주던 참으로 자상한 분이셨다.

나는 아버지 덕분에 일찍 철이 들었고 독립심도 키웠다. 가난했기에 알뜰함을 배웠고 자존심을 지키기 위해서 더 열심히 살았다. 이제 누구보다도 당당하고 행복하다. 그러고 보니 힘들었던 지난날은 나를 강하게 단련시키기 위한 과정이었나 보다.

이제서야 아버지께 말씀드릴 수 있다. 아버지 당신을 사랑한다고, 아버지 당신께 감사하다고!

아버지가 그립다. 아버지와 함께 바라보던 그 여름날의 밤하늘이 그립고, 아버지의 팔을 베고 듣던 옛날이야기가 그립다.

지붕을 노랗게 꾸미고 앵두꽃 화사한 우리 집에서 아버지하고 엄마하고 우리 칠 남매가 단란하게 다시 살아보면 참으로 좋겠다.

바람 부는 날 강가에 서다

.
.
o

그 자리에 섰다.

모든 게 그대로이다. 변한 것은 내 모습뿐.

그 날,

갈 곳이 없었다.

바람은 불고 눈발은 날리는데 난 갈 곳이 없었다.

강을 따라 걸었다.

바람은 불고 억새만이 서걱거리는 강가에서 하염없이 강

둑을 걸었다.

돈이 없었다.

대학교 원서접수 마감일이 되었는데 전형료 2만 원이 없었다.

장롱 속 원서를 꺼내 다시 강가에 섰다.

눈보라 치는 강가에서 곱게 접은 원서를 꺼내 가닥가닥 찢었다. 그리고 그것들을 바람결에 하나하나 날려 보냈다.

강물을 따라 걸었다. 3년 동안의 배고픔과 추위와 외로움을 잊기 위해서.

사방은 어둡고 고요하고 시간은 멈춰버렸다.

바람은 불고 눈은 쌓이는데 나는 또 갈 곳이 없었다.

돌아보면 고단한 삶이었다. 그러기 위해서 태어난 것처럼.

가난이 싫어서 집을 나왔지만 서울에서의 삶은 더 비참했다.

처음 한 일은 전화기를 닦는 것이었다.

마장동 도살장 근처, 구역질을 해대며 피 묻은 전화기를 닦고 나오니 같이 일하는 애가 나타나질 않았다. 내 일당과 버스표를 가지고 도망을 친 거였다. 걸어서 학교에 도착하니 마지막 수업이 끝나가고 있었다.

다시 일자리를 찾아 헤맸다.

어떤 날은 하루종일 걸어다니며 사람 안 구하느냐고 가게마다 묻고 다녔고, 또 어떤 때는 공중전화 부스에서 전화번호부를 펴놓고 하루종일 다이얼을 돌리느라 동전만 한 주먹씩 날리곤 했다.

그러다 들어간 곳이 공장이었다.

아침이면 석유곤로에 라면 반 개를 끓여 한 젓가락 먹고 나머지는 저녁을 위해 남겨두었다.

가리봉동 공단 근처에는 판잣집이 많았다. 벽돌을 쌓아 대충 꾸민 내 자취방은 차가운 바람이 숭숭 들어왔고, 늘 연탄가스 냄새가 진동했다.

그곳은 새벽마다 공장 가운을 입은 젊은이들이 빽빽하게 나와서 건물로 빨려 들어갔다가, 컴컴한 저녁에는 후줄근한 모습으로 다시 벽돌집으로 스며들곤 했다.

공장에서 점심으로 주는 백 원짜리 도시락은 양이 적었다.

작업을 끝내기가 바쁘게 교복으로 갈아입고 버스 정류장에 서면 늘 배가 고팠고 자장면 냄새, 바람 속에 전달되는 자장면 냄새는 늘 나를 유혹했다.

주머니 속에는 버스표 두 장만이 달랑 들어있는데 배가 너무 고팠다.

'이걸 주고 자장면을 반 그릇만 달라고 해 볼까? 아님 누가 먹던 거라도 괜찮은데.'

자장면 집 유리창을 들여다본다. 가족이 식사하는 모습이 보였다.

'부럽다. 도대체 저들은 어떤 사람이기에 저렇게 비싼 음식을 남길까.'

음식을 버릴까 봐 서둘러 가게 문을 열고 들어가다가 종업원과 눈이 마주쳤다. 화들짝 놀라서 아무 말도 못 하고 나와버렸다.

날은 춥고 배는 고픈데, 학교 가는 버스는 좀처럼 오질 않고 내 갈등은 계속되었다.

밤 11시가 넘은 시간 막차를 탔다. 붐비는 사람들 틈에 끼어 이리저리 흔들리며 졸다 보면 종점이었다.

삐그덕거리는 문을 밀고 들어가면 냉기가 도는 방, 아침에 삶아 놓은 라면 한 젓가락을 마저 먹었다. 통통 불은 라면을 입에 넣으면 물컹하고 역한 냄새가 속을 뒤집었다.

힘들 때마다 집 생각을 했다. 보고 싶은 엄마, 그리운 동생들, 어떻게 살고 있는지….

월급을 타면 방세를 주고 쌀과 연탄을 사고 남은 돈으로 집에 갈 때 동생 양말이라도 사다 주는 게 제일 큰 기쁨이었다.

서울에서의 생활은 너무 힘들었지만 그래도 대학교에 갈 수 있다는 희망이 있었기에 견뎌낼 수 있었다.

그런데 이제 모든 것이 끝났다.

다시 강가에 섰다. 인생을 한 바퀴 돌고.

변한 것은 아무것도 없다. 내 모습만 변했을 뿐.

굽이진 물줄기, 눈이 쌓인 강 언덕, 억새에 서걱거리는 바람조차 똑같다.

아픔이었지만 추억 속의 강이다.

삶은 우연이라고 하기에는 뭔가 엄청난 신비가 숨어 있는 듯하다.

내 삶을 송두리째 날려 보내던 날, 죽을 만큼 고통스러웠던 그 날, 그날은 끝이 아니라 새로운 출발선에 서는 날이었다.

돌아보니 힘겨웠던 지난날은 내 인생의 디딤돌이 되어주었고 내 그릇의 용량을 넓혀준 선물이었다.

고단한 삶이었다. 그러나 행복한 삶이었다.

어느 것 하나 버릴 게 없다.

내 젊은 날의 초상

:

　유치원 아이들이 소풍을 왔나 보다. 노란 원복을 입고 재잘거리며 가는 것을 보니 옛날 생각이 났다.

　처음 유치원 교사가 되었을 때 나는 꿈을 꾸는 듯했다. 아이들은 서로 내 손을 잡으려고 다투었고, 나는 그런 애들을 위해 넓은 치마를 입고 다녔다. 운동장에는 내 치맛자락을 잡은 아이들이 춤을 추듯 날아다녔고 나는 아이들보다 더 행복에 겨워 하늘을 날았다.

　유치원에서의 생활은 초등학교 교사가 되고 싶었던 내 못다 한 꿈을 채워주었다. 카메라를 사서 아이들이 노는 모습을 찍어주고, 학부모에게 바쁜 일이 생기면 우리 집으로 데려가서 같이 놀아주곤 했다.

우리 반에는 아빠하고 둘이서만 사는 아이가 있었는데 엄마의 손길이 닿지 못해서 그런지 옷도 빨아 입질 않았고 항상 배가 고프다고 했다. 나는 그 아이가 너무나 가엾어서 아이 엄마가 되어주고 싶었다. 그래서 아이에게 밥도 해 먹이고 예쁘게 키워주고 싶었다.

우리 반에는 우진이라는 아이가 있었다. 그 아이는 억울한 일을 당하면 상대에게 한 번 대들지도 못하고 닭똥 같은 눈물만 뚝뚝 떨구다가 팔뚝으로 눈물을 닦아내던, 그래서 늘 내 마음을 아프게 하던 아이였다. 우진이 동생 서진이도 무척 귀여웠다. 토끼반에서 공부를 하다가도 제 형이 누구한테 맞고 울기라도 하면 금방 쫓아와서 역성을 들곤 했다.

그날은 내가 간식 당번이어서 이 선생이 우리 사슴반 아이들과 토끼반 아이들을 같이 데리고 있었다. 간식 준비를 해 놓고 교실 문을 여니 이 선생은 일지를 쓰고 있었고 아이들은 손을 들고 벌을 받고 있었다. 그런데 대부분 팔을 올렸다 내렸다 하며 요령을 피우고 어떤 아이들은 아예 손을 내리고 장난을 치고 있는데 우리 반에서 제일 덩치가 큰 우진이만 두 팔을 번쩍 들고는 꾸역꾸역 울고 있었다. 그 모습을 보니 어찌나 속이 상하는지 마음 같아서는 왜 우리 반 애들을 벌주느냐고 따지고 싶었지만 차마 그럴 수도 없고 그렇다고 그 아이만 손을 내리라고 할 수도 없는 터였다. 그래서 짐짓 화난 목소리로 우진이를 불렀다.

"야, 이우진 너 이리 와 봐!"

아이는 엉겁결에 내 눈치를 살피며 나왔다.

'너는 왜 그렇게 융통성이 없니? 팔이 아프면 선생님이 안 볼 때 슬쩍 내리고 있어야지, 다른 애들은 다 그렇게 하는데 너는 왜 바보같이 계속 들고만 있어?'

목까지 올라오는 그 말을 차마 교사로서 할 수가 없어서 그냥 눈물만 닦아주고는,

"제일 맛있는 과자를 사 와야 되는데 어떤 게 맛있는지 네가 좀 먹어볼래?" 그러자 녀석은 심각한 표정으로 이것저것 과자를 먹었다.

이 선생은 자기 편한 것만 생각했다. 그래서 해야 할 일이 있든가, 애들이 떠들면 무조건 손을 들게 해서 조용하게 만들었다.

어느 날 또 그런 일이 벌어졌다. 나는 너무 안타까워서 소

리를 질렀다.

"야, 사슴반, 너희들 매일 뭘 그렇게 잘못하길래 걸핏하면 벌을 받는 거야? 안 되겠다. 오늘은 나한테 혼 좀 나봐라."

유치원이 쩌렁쩌렁 울리도록 호통을 치니 이 선생이 나를 말리면서 자기가 지금 돈 건 걸 정리하느라고 손 내리라는 걸 잊어버렸다며 변명을 했다. 그다음부터 우리 반을 벌 주는 교사는 한 명도 없었다.

유치원이 끝나면 아이들을 봉고차에 태우고 한 바퀴를 돌면서 순서대로 내려주는데, 그러자니 제일 먼 데 사는 우진이네 형제가 제일 나중에 내려야만 했다.

맨 뒤 구석에 끼어 앉아서 땀을 뻘뻘 흘리며 자고 있는 아이들을 보면 어찌나 측은하던지, 창문을 열어 놓으면 기사 아저씨는 위험해서 안 된다 하고, 운행 횟수를 늘릴 수도 없는 상황이라 아이들에게 너무 미안하고 안타까웠다.

공부를 다시 하려고 유치원을 퇴직했을 때는 아이들이 너무 보고 싶었다. 그래서 행여나 만날 수 있을까 싶어 집 근처를 서성거리고 아이들과 함께 소풍 갔던 곳을 헤매기도 했었다. 길을 걷다가도 '선생님~' 하며 금방이라도 달려올 것만 같았고 아이들의 전화를 받고는 같이 엉엉 울기도 했었다.

참으로 그리운 날들이다.

처음으로 나를 선생님이라 불러주던 우리 반 내 아이들, 그들은 내 젊은 날 나의 기쁨, 나의 전부였다.

학교 가는 길

⋮

눈이 함빡 내렸다. 세상이 온통 하얀 눈으로 뒤덮여 있다.

산도 들도 마을도 가로수도 그리고 그 사이에 난 좁다란 길을 천천히 달리는 내 차도 동화 속의 그림처럼 눈 속에 담겨있다.

나뭇가지에 쌓인 눈꽃이 아침 햇살에 빛난다. 겨울왕국에 들어와 있는 것처럼, 세상이 정지된 듯 고요하다.

하얀 세상을 만끽하고 싶어 차에서 내리니 알싸한 공기가 상쾌하다. 이런 경치를 즐기며 여유롭게 학교로 출근하는 나는 참으로 행복한 사람이다.

아버지는 때때로 어린 나를 불러 앉혀 놓고는,

"넌, 학교 선생이 되면 참 좋겠다."

라는 말씀을 자주 하셨다. 아버지는 너무 가난해서 제대로 먹이지도 못하는 딸자식이 교사가 되면 사는 데는 걱정이 없을 거라 생각하셨던 모양이다. 그래서일까 나는 학교 선생이 되고 싶었고, 그 꿈을 좇아 가출을 했다.

열일곱 살의 내가 낯선 서울에서 살아남는다는 것은 쉬운 일이 아니었다. 그러면서도 공부를 포기할 수 없었던 것은 분명 그 너머에는 행복이 있을 거라는 희망이 있었기 때문이었다.

만약 그때 우선 편하고 좋은 것만 찾았더라면 지금의 이런 여유와 행복을 맛보진 못했을 거라는 생각에 내 자신이 무척 대견스럽다.

TV에서 감동적인 다큐멘터리를 보았다.

히말라야산맥 해발 3천8백 미터에 위치한 차(cha)마을, 그곳에서 가축을 기르며 살고 있는 마을 사람들의 유일한 희망은, 아이들이 공부해서 자신처럼 힘들게 살지 않고 보다 나은 삶을 사는 것이다. 그러나 어려운 형편에 학교에 보낸다는 것은 감히 생각할 수도 없는 일인데, 어느 복지가의 도움으로 학교에 갈 수 있게 되었다.

마을은 물과 험한 산 때문에 평소에는 빠져나갈 수가 없고 강이 어는 겨울에만 다른 마을로 이동이 가능했다. 아이들이 마을을 떠나면 1년 뒤, 방학을 하고 다시 강이 얼어붙는 겨울에나 돌아올 수 있지만 그래도 자식들의 앞날을 위해서는 학교에 보내야 된다는 일념으로 책과 옷을 챙겨 짐을 꾸리고 일행의 안전을 위해 신에게 치성을 드린다.

드디어 학교 가는 날, 세찬 바람 속에 눈발은 날리는데, 10여 일을 걸어가야 하는 등굣길이 시작되고. 아이들을 탈없이 학교까지 데려다 줘야 하는 아버지들은 근심이 가득하다.

산길은 눈으로 덮여 갈 수가 없고 깎아지른 듯한 절벽을 넘어 미끄러운 협곡을 걷는다.

낮에는 영하 20도를 넘나드는 추위와 싸우며 넘어지기를 수 차례. 발가락이 감각을 잃어 더 걸을 수조차 없지만, 아이들만은 동상에 걸리지 않게 틈틈이 불을 피워 옷을 말려주고, 날이 저물면 밀가루 반죽을 끓여 끼니를 때운다.

학교 가는 길은 너무 춥고 힘들지만 그래도 가야 된다며, 나무껍질 같은 얼굴에서 쏟아지는 눈물이 내 마음을 아프게 한다. 자식이 뭔지, 산다는 게 뭔지….

온갖 역경 속에서 드디어 아이들은 무사히 학교에 도착하고, 아버지들은 마을을 향해 멀고 험한 길을 되돌아가야 하지만 내 아이가 학교에 가게 되었다는 기대감으로 가슴이 설렌다.

일 년 뒤 방학을 하고 강이 얼어붙는 겨울이 오면 그 아버지들은 학교에 아이들을 데리러 다시 올 것이고 세상에서 가장 힘들게 학교를 가는 아이들의 등굣길은 그렇게 계속될 것이다.

간절히 바라면 이루어진다고 했던가. 목숨을 걸고 험난한 길을 걸어서 학교에 다닌 그 아이들은 분명히 원하는 꿈을 이룰 것이다. 그리고 자신과 아버지에 대한 추억을 옛날이야기처럼 자식들에게 들려줄 것이다. 그리고 그 이야기를 들은 아이들은 또 꿈을 키워나갈 것이고, 그렇게 그들의 삶은 이어질 것이다.

할머니

•
•
•

요즘 들어 유난히 할머니가 그립다. 돌아가신 지 수십 년이 지났건만 할머니의 얼굴은 언제나 다정하게 다가온다. 한복을 곱게 입고 고요히 앉아계신 단아하고 따뜻한 우리 할머니. 손자가 생기면서 더욱 그리워지는 감정이다.

나는 엄마 옆에서 한 번이라도 자는 게 소원이었다. 그런데 동생들이 엄마의 양쪽을 차지하고 있으니 언감생심 엄마 곁에서 잔다는 건 꿈도 꿀 수 없는 일이었다. 그래서 속이 잔뜩 상한 채 구석에 옹그리고 있으면 할머니가 와서 토닥여 주곤 하셨다. 나는 그런 할머니가 좋아서 아예 엄마 곁을 떠나 건넌방에서 할머니와 같이 잠을 잤다. 잠결에 할머니 젖을 만지면 포근하고 행복했다.

할머니는 우리가 봄나물을 캐가면 어린 것들이 애쓰고 뜯어 온 것을 버리면 안 된다며 마루에 앉아서 꼼꼼하게 다듬곤 하셨는데 봄 햇살을 받으며 앉아계신 그 모습이 어린 내가 봐도 쓸쓸해 보였다.

할머니는 환갑을 겨우 넘긴 어느 날부터 거동을 못 하셨다. 군불도 제대로 못 때는 건넌방은 늘 냉기가 돌고 방 한쪽에는 엄마가 장사를 나가면서 차려 놓고 간 나무 밥상과 요강이 놓여 있었다. 나는 할머니 방에서 나는 이상한 냄새가 싫어서 할머니를 피해 다녔다.

할머니가 나를 부를 때는 소변이 보고 싶을 때였다. 밖에서 놀다가 점심을 먹으러 들어오든가 고무줄을 가지러 오면 할머니는 기다렸다는 듯이 나를 불렀다. 못 들은 척하고 방문 앞을 지나치려면 할머니는 더 간절하게 나를 불렀다.

"애들하고 고무줄 해야 되는데 왜 불러?"

짜증을 내며 들어가면 오줌이 마려우니 좀 일으켜 달라는 것이었다. 간신히 할머니 머리를 들어 올려 앉혀놓고는 요강을 대주면서, 나는 할머니 때문에 놀지도 못 한다며 화를 내곤 했다.

어느 겨울날, 그날은 날씨가 참 푹했다. 그날도 바깥에서 자치기를 하며 놀다가 집엘 들어가니 할머니가 마루에 혼자 앉아있었다. 아마도 엄마가 오랜만에 할머니 머리를 감기고 는 장사를 나간 모양이었다. 할머니가 앉아있는 모습을 본 지가 무척 오래되었는데도 그냥 그런가 보다 생각만 했을 뿐, 할머니가 또 무슨 일을 시킬지 몰라서 살금살금 부엌으로 들어갔다. 그리고는 가마솥을 열고 엄마가 쪄 놓고 간 고구마를 꺼내는데 할머니는 귀신같이 그 소리를 알아듣고는 나를 부르셨다.

"지팡이 할 막대기를 하나 찾아와 봐, 지팡이만 있으면 일어설 수 있겠다."

나는 귀찮아서 지팡이 할 게 어딨느냐고 쏘아붙이고는 재빨리 밖으로 놀러 나갔다.

그게 마지막이었다. 그 해 겨울, 세상이 온통 눈으로 뒤덮인 어느 날 새벽, 나는 할머니가 돌아가셨다는 소리를 들었다.

할머니에 대한 기억은 가물가물하지만 그 모습만은 확실하게 남아서 때때로 나를 아프게 한다. 어쩌면 그때 내가 지팡이만 가져다 드렸어도 할머니는 일어서서 걸으셨을지도 모르는데, 걷지는 못했다손 치더라도 마지막으로 두 발로 땅을 딛고 일어서실 수는 있었을 텐데….

나는 어쩜 그렇게도 못되게 굴었을까, 어쩜 그리도 매정했을까! 아무리 어려도 할머니가 불쌍한 마음도 들었으련만 왜 그리 귀찮게만 여겼을까….

양반집 귀한 며느리로 시집와서 행복을 맛보기도 전에 남편을 빼앗기고 청상(靑孀)이 아닌 청상으로 만고풍파 다 겪으며 한 생을 슬프게 살다간 여인!

할머니는 말 한마디 건네주는 이 없는 빈방에 누워 그 긴 긴날을 외로워서 어떻게 견디셨을까? 그저 아침 저녁으로 들어오는 밥 한술로 연명을 하며 허망해서 어떻게 살아내셨을까!

꿈속에서라도 할머니를 만나고 싶다. 그래서 예전에 할머니가 내게 해 주셨던 것처럼 나도 우리 할머니를 꼬옥 안아 드리고 싶다.

다만 바람이어라

.
.
.

증오했던 여인이 있었다.

복수하리라고, 기필코 복수하고야 말리라고 벼르고 별렀던 여인이 있었다.

행복했던 한 가정을 풍비박산 내놓고 우리의 어린 시절마저도 고통 속에 몰아넣었던 장본인.

내가 어른이 되고 힘이 생기면 가엾은 할머니를 대신해서 그리고 불쌍한 우리 아버지를 대신해서 반드시 복수하고야 말리라고 다짐하고 또 다짐했던 여인이 있었다.

그녀의 죄악을 온 천하에 알리고 싶었다.

그 여인으로 인해 쌓이고 쌓여 한으로 남았던 긴 긴 사연들을 글로 써서 할머니와 아버지의 넋을 위로해 드리고 싶었다.

그녀의 사망 소식을 듣고 찾아갔다. 어떻게 죽었는지 보려고.

대궐 같은 집 다 날리고 남의 집 문간방에서 숨을 거뒀다는 그 모습을 내 두 눈으로 똑똑히 보고 싶었다.

그런데

하나의 물체였다.

영혼이 떠나간 육체

그 속에 희로애락이 머물렀다고 하기가 억지스러울 만큼 아무것도 아니었다.

정말 별것도 아닌 하나의 물체였다.

세상을 떠나면서 그녀는 무슨 생각을 했을까.

한 가정을 파탄시키고, 유부남을 제 사람으로 만든 그 여인은 진정 행복했을까.

처자식을 내팽개치고 젊은 여자와 도망을 갔던 남자는 또한 행복했을까.

화장(火葬)을 하고 한 줌 재가 되어 그 여인은 사라졌다.

한낱 먼지였다.

평생을 첩으로 살아온 여인, 그 또한 가엾은 인생일 뿐.

용서란 말을 떠올렸다. 아니 용서할 것조차 없었다.

그리고 감히, 누가 누구를 용서한단 말인가!

가해자도 없이 모두가 다 피해자일 뿐이었다.

인생이란 그 자체가 한 줌 바람이었다.

그 후로 난 평안을 얻었다. 아니 자유를 얻었다.

그 여인에 대한 증오와 한(恨) 속에서 풀려나와 난 자유로

워졌다.

남을 미워한다는 건, 그건 크나큰 고통일 뿐이었다.

아버지

.
.
.

아버지!

얼마 만인가, 이렇게 아버지를 불러보는 것이

참으로 오랜만에 아버지를 마음껏 불러보았다.

아버지 묘에는 떼가 잘 살지 못했다.

흙이 안 좋아서 그런지 잔디 씨도 훑어다 뿌려보고, 솔잎이 자꾸 떨어져서 그러나 싶어 주위에 있는 소나무도 베어냈지만 다른 산소들과는 달리 초라했다. 그래서 늘 마음이 찐했는데 이번에 형제들이 의견을 모아 이장(移葬)을 하기로 했다.

술을 붓고 절을 올렸다. 아버지 묘소에 절을 할 적마다 늘 가슴이 아렸다. 이제 자식들 모두 장성해서 잘 모실 수 있건마는 어쩜 그리도 일찍 가셨는지….

봉분이 헐어지고 바닥이 조금씩 드러나기 시작하면서 만감이 교차했다.

이미 수십 년이 흐른 지금 아버지는 어떤 모습으로 남으셨을까. 아니 정말 이 흙구덩이 속에 내 아버지는 계신 건가? 그저 아버지의 묘소라고 하니까 그렇게 생각하고 다녔을 뿐 그 속에 진짜 그분의 육신이 있으리라고 누가 장담한단 말인가.

인부들이 한참 땅을 파 내려가다가 삽을 놓고는 조심스럽게 손으로 땅을 헤치며 더듬어 나갔다. 하얀 머리카락 같은 것이 몇 가닥 보이더니 서로 엉겨 붙은 실타래가 나온다. 인부들 말에 의하면 삼베에 섞여 있는 나일론 실이란다.

고이고이 삭아야 할 육신이 어쩌다 그 실타래에 감겨 수십 년을 있었으니 영혼 없는 몸이지만 얼마나 답답하셨을까!

한참 후에 유골인지 흙인지조차 분간하기 어려운 거무스름한 것이 조금 보였다.

흙! 흙이었다. 한 줌의 흙일 뿐이었다!

그렇게 건장하시던 아버지가, 그 따뜻하고 인정 많으셨던 우리 아버지가 그저 한 줌의 흙으로 남아 있었다.

인생만사 한낱 찰나(刹那)라 하더니만, 그리고 허무 그 자체라고 하더니만….

한 줌 흙으로 변한 아버지의 육신을 깨끗한 창호지에 곱게 싸서 모셨다.

참으로 오랜만에 아버지 곁에 머무른다. 지난날들이 소리 없이 왔다가는 멀어져 간다.

모진 세상 속에 어린 자식 칠 남매만 남겨두고 훌쩍 바람처럼 가신 아버지. 그 아버지가 원망스럽고 불쌍해서 차마 흙조차 덮어드리지 못하고 꺼억꺼억 울기만 했던 그 날, 뻐꾸기 소리만이 무심히 들려오던 그 날….

힘겨운 삶을 개탄하다가 그것을 이겨내지 못하고 떠나신 가련하고 서러웠던 아버지셨다. 생각할수록 원망스럽고도 그리웠던 아버지였다.

그 아버지가 긴 세월을 뛰어넘어 이제 한 줌의 흙으로 내 옆에 계셨다.

마치 자장가를 부르며 아기를 재우듯, 아버지를 토닥이며 이야기를 들려드린다.

"아버지, 육신의 끈을 놓고 나니까, 유골마저 다 삭히고 나니까 이젠 편하시지요? 그래요. 이렇게 아무것도 아닌 인생, 한 줌의 흙으로 돌아가면 그뿐인데, 미움도 원망도 서러움도 다 부질없음인데, 모두가 다 부질없음인데… 다시는 세상에 태어나지 마십시오. 이 고해(苦海) 속에 부디 다시는 태어나지 마십시오. 흐르는 물로도, 한 줌 바람으로도 생겨나지 마십시오. 그저 무(無)이십시오. 다만 무(無)이십시오. 삶은 번뇌일 뿐이고, 삶은 생로병사의 고통일 뿐이고, 어떤 형태로도 존재한다는 건 부질없는 것이니 다시는 존재하지 마십시오. 그저 하늘나라가 있다면 그곳에서나 머무르십시오. 부디 그곳에서나 머무르십시오. 아버지!"

솔바람 향기가 그윽한 속에서 햇살마저 따사롭게 우리를 감싸고 있었다.

아버지는 그렇게 한나절을 내 곁에 머무르시고 다시 새집으로 옮기셨다. 그리고 우리는 다시 이별 없는 이별을 나누었다.

오랜만에 나는 아버지를 보았고, 얘기를 나누었다. 어릴 적 아버지 무릎에 누워 옛날얘기를 들었듯이, 이제 내가 아버지를 무릎에 앉히고 이야기를 들려드렸다. 그리고 그 무언의 대화를 통해서 나는 인생의 참모습을 깨달았다. 살아가려고 아귀다툼하며 분노하며 괴로워하며, 한순간의 만족과 기쁨을 위해 모진 세월을 보내야 했던 우리네 인간들의 참 모습을 볼 수 있었다.

새로 마련된 아버지 묘소에 깊숙이 큰절을 올린다.

이젠 울어야 할 이유마저 없어진 가벼운 마음으로 발길을 돌렸다.

햇살이 따스한 사월의 오후였다.

은인(恩人)을 위하여

•
•
•

"오늘 이 세상 떠난 이 영혼 보소서. 주님을 믿고 살아 온 그 보람 보소서. 주님의 품에 받아 위로해 주소서. 주님의 품에 받아 위로해 주소서."

장엄한 성가가 울려 퍼지고 그분을 모신 운구행렬이 길게 이어진다.

"주여 이 영혼에게 안식을 주소서. 영원한 안식 주시어 잠들게 하소서. 세상의 온갖 수고 생각해 주소서. 세상의 온갖 수고 생각해 주소서."

그분이 제대 앞에 놓이고 촛불이 놓이고 인자한 모습의 영정사진이 놓인다.

평생 동안 열심히 다니시던 그 성당, 앞에서 세 번째 줄 그 자리, 하얀 머리에 하얀 수염을 하고 앉아서 간절히 기도하시던 그 모습이 눈에 선하다.

암으로 인해 고통을 받으면서도 그것이 흘러간 날에 저지른 잘못된 삶에 대한 보속이라 여기며 달게 그 고통을 인내하던 분. 자신의 마지막 모습을 보는 이들이 고통스럽지 않게, 그리고 자신을 만지는 이들이 불편하지 않게 편안한 얼굴로 갈 수 있도록 간절히 기도해 달라던 그분은 소원대로 편안한 모습으로 그렇게 가셨다. 그리고 이렇게 제대 앞에 놓인 채 이 세상에서의 마지막 미사를 드렸다.

그분을 처음 뵌 것은 내가 아주 어릴 때였다.

당시 우리 아버지는 치질을 잘 고치는 의사로 소문이 나 있었는데 병원에서 수술해도 자꾸 재발해서 고통을 당하는 치질 환자들을 아버지는 잘도 고쳤다. 그래서 우리 집에는 소문을 듣고 찾아오는 환자들이 늘 끊이지 않았고 내로라 하는 높은 양반도 많이 들락거렸다.

아저씨와 우리의 인연이 시작된 것도 아마 그 무렵이었던 것 같다. 환자였던 아저씨는 아버지와 의형제를 맺었고 그 뒤로도 가끔씩 우리 집에 들르곤 하셨다.

아저씨는 갑자기 아버지가 돌아가시자 망연자실해 있는 어머니를 대신해서 사망신고를 내고 상속 등 뒷정리까지 깔끔하게 해 주셨다. 더구나 아버지는 돈에 별로 욕심이 없는 분이셨기에 우리 집은 매우 가난했는데 물심양면으로 많은 도움을 주셨다.

나중에 안 일이었지만 그때 그분은 신문 기자였는데 독재 정권을 비판하는 글을 많이 써서 언론인 숙청 대상자가 되었단다. 그래서 사회 활동에 제한을 받고 있어서 직장도 구할 수가 없었고 어디 공사판이라도 가서 일하면 금방 정보가 들어가서 그 일마저 못하게 되는 등 당신 몸 하나도 감당하기 어려운 처지였단다. 그런데도 틈틈이 다니면서 어렵고 가난한 이들을 위해 많은 도움을 주곤 하셨다.

며칠 전 아저씨가 입원하셨다는 애길 듣고 문병을 갔었다. 하고 싶은 말이 너무나 많았다. 세상 살아오는데 아저씨가 큰 의지가 되었다는 것, 신세만 많이 지고 갚지도 못해서 죄송하다는 것, 부디 그토록 원하시던 천주님 품에 편안히 드시라는 것, 그리고….

그렇게 하고 싶은 말이 가슴 가득 쌓여 있는데 목이 메어 아무말도 할 수가 없었다. 그런데 오히려 아저씨가 날 위로해 주셨다. 그 어눌한 발음으로 간신히 한 마디씩 한 마디씩 말씀을 이어나가셨다.

"그동안 고마웠어, 건강하게 잘 살아."

그게 마지막이었다. 처음에는 저녁에라도 마음이 진정되면 다시 오리라고 작정했는데 결국 가보질 못했고 그다음 날 그분의 부음을 들었다.

그날 밤, 난 아저씨가 돌아가시기 3일 전까지 투병 생활을 하면서 쓰신 글을 밤새워 정리했다. 그분은 하루도 빠짐없이 글을 쓰셨다. 그것은 고통을 견뎌낼 수 있는 유일한 방법이었고 기쁨이셨다. 아무도 흉내 낼 수 없고 그 누구도 느낄 수 없는, 오직 죽음을 앞둔 사람만이 쓸 수 있는 진솔한 글이었다. 그런 마지막 글을 내게 부탁하신 것이다. 나를 믿어 주는 그분의 사랑에 눈시울이 뜨거웠다.

'내 뇌리(腦裏)에 필름이 끊길 때까지 이 영혼의 소리는 계속되리니'라고 시작되는 그분의 글을 보면서, 팔십 평생을 지식인으로서 그리고 참 신앙인으로서 얼마나 진실하게 살려고 노력하셨는지 새삼 느꼈다.

장례 미사가 끝나고 나는 그분이 마지막으로 쓰신 글을
낭송해 올렸다.

"나는 자리에 눕지 않으리/ 내방이 환자의 방이라는 부름
을 듣지 않기 위하여/ 나는 지팡이를 짚지 않으리/ 힘에 지
쳐서 다리가 후둘거려도/ 선 채로 잠시 쉬는 한이 있어도/
지팡이를 짚는 환자는 되고 싶지 않기에/ 그럼 나는 어찌하
려나/ 베란다에 앉아 창밖을 내다보리/ 나의 눈에만 보이고
나의 귀에만 들리는 많은 친구들이 있질 않는가/ 나는 보다
더 행복한 사람"

아저씨를 모신 영구차가 성당을 나간다.

나는 천천히 아주 천천히 큰절을 올린다.

"그동안의 은혜가 참으로 크옵니다. 부디 그토록 원하시
던 하느님 품에 드소서. 꼭 하느님 품에 드소서!"

하늘이 파랗다. 그 파아란 하늘 위에 구름 한 조각이 하얗
게 떠 간다.

고향에서 고향을 그리다

.
.
.

충북 중원군 이류면 대소리!

파아란 풀밭에 종달새 노닐고 개울 물소리 정겹던 곳, 철 따라 쑥부쟁이 패랭이꽃 소복이 피어있던 둑방길, 긴 머리 카락 날리며 거닐던 그 길을, 노을 지는 저녁 다시 그 자리 에 섰다.

인생이란 새가 이 나무에서 저 나무로 포로록 날아가는 순간이라고 하더니만, 달리는 말이 대문 앞을 휙 지나가는 그 찰나라고 하더니만 그 말이 참으로 실감 난다.

저 개울, 지게를 지고 나무다리 건너던 남정네들도, 맑은 물에서 빨래하며 왁자지껄하던 동네 아낙들도, 휘파람 불며 건들대던 동네 청년들도 모두가 어디로 갔는가?

일요일 아침이면 면사무소 확성기에서 새마을 노래가 활기차게 나오고 그 소리에 맞춰 온 동네 사람들이 모여들었지. 어른들은 길가에 풀을 베고 아이들은 동네 길을 쓸고. 황톳빛 마당을 답사리 빗자루로 쓸다 뒤돌아보면 빗자루 자욱이 얼마나 깨끗하고 예쁜지 밟기가 아까워서 구석으로 돌아가곤 했지.

초등학교 그 넓은 운동장을 다 차지하면서 신바람이 나서 뛰어다녔지. 연못의 물고기도 들여다보고, 튤립이며 글라디우스 등 학교에서만 볼 수 있는 이국적인 꽃들이 신기해서 꽃잎을 따서 날리곤 했지.

남자애들은 고무신을 뒤집어서 깨꽃에 앉아있는 벌을 잡아 돌리고 플라타너스 방울로 머리를 때리며 도망을 치고 그렇게 놀다가 뺑뺑이도 돌려보고 그네도 타고 그러다 기차가 지나가면 손을 흔들고 그렇게 일요일 아침을 즐겼어.

소풍을 가는 날은 진풍경이 벌어졌지. 우리 학교 소풍 장소는 철둑 넘어 국사봉이나 멀리 갈 때는 상금곡에 있는 돼지봉산이었는데 그곳은 너무 멀어서 주로 국사봉으로 가곤 했지.

소풍 가는 날은 온 동네 아낙들이 한복을 차려입고 음식 보따리를 들고 학생들을 따라가느라 길이 빽빽했어. 웃말을 지나고 철둑을 건너 금곡 쪽으로 들어가면 바로 국사봉인데 그 절 앞에 도착하면 언제 왔는지 장난감이며 사탕을 파는 장사꾼들이 물건을 펼쳐놓고 있어서 구경하는 것만으로도 재미가 좋았지.

우리 반에는 날마다 지각해서 벌로 토끼뜀을 뛰는 애가 있었는데 나중에 알고 보니 새벽밥을 해 먹고 날이 새기도 전에 집을 나와도 맨날 늦는다고 했지. 난 알지도 못하면서 벌만 주던 그 선생님이 무척 미웠어.

어느 토요일, 일찍 공부가 끝난 날, 내가 제일 좋아하는 금자네 집엘 놀러 가기로 했지. 가마소에 사는 그 지각생하고 같이, 책보를 허리에 묶고 걸어가다가 땅바닥에 앉아서 공기놀이를 하고 또 걷다가 미루나무 그늘에 앉아서 흙먼지를 날리며 지나가는 트럭을 구경하고, 그렇게 쉬기를 여러 차례 하면서 산길로 들어서고 또 한참을 걸어가니 산 밑에 서너 채의 집이 보였지. 금자네는 맨 꼭대기 집이라고 했는데 초가집 돌담 옆으로 감이 주렁주렁 달려있는 감나무와 밤나무, 대추나무가 늘어 서 있었지. 사립문 옆 외양간에는 커다란 소가 눈을 휘둥거리며 김이 모락모락 나는 여물을 먹고 있는데 그 옆에선 귀여운 송아지가 귀를 쫑긋거리며 우리를 쳐다보고 있었지. 그 풍경이 얼마나 아름답고 신비롭던지 지금도 내 머릿속엔 금자네 집이 한 장의 사진처럼 각인되어 있지.

우리 학교 밴드부는 유명했어. 6학년 선생님이 밴드부를 만들어 지도했는데 당시에는 구경도 하지 못했던 색소폰이며 트럼펫 등 모든 금관악기를 갖추고 있었어. 그래서 대회에만 나가면 항상 일등을 했고 그날은 온 동네 사람들이 멋진 단복을 차려입은 밴드부와 어울려 같이 동네를 돌며 신명이 났었지. 더구나 밴드 대장인 우리 오빠가 지휘봉을 휘두르는 모습은 참으로 자랑스러웠어.

우리가 사는 새터에서 장터까지 가는 길엔 오래된 아카시아나무가 줄지어 있었어. 봄이면 온통 아카시아꽃 향기가 동네에 가득했어. 남자애들은 나무에 기어올라 꽃가지를 꺾어서 자기가 좋아하는 여자애들한테 던져주곤 했는데, 어찌나 달콤하고 맛이 좋은지 한 옹큼 훑어서 입에 넣고 우기적

우기적 씹으면 꽃향기가 입안 가득 번졌지.

오디가 한창 달리는 철에는 점심시간마다 도시락통을 들고 웃대춘을 지나 마치마을 뽕나무밭으로 오디를 따라갔어. 입이 시커멓토록 오디를 따먹다가 문둥이가 와서 애들 간을 빼먹는다는 남자애들 말에 넘어지며 자빠지며 도망을 치곤 했었지.

여름엔 개울가 모래밭에서 온 동네 애들이 모여 발가벗고 멱을 감고, 모래로 집을 지어 꽃을 따다 화단을 꾸미고 돌을 빻아 밥을 해 먹고, 그러다 보면 여름방학이 끝났지.

비가 쏟아져 개울물이 시뻘겋게 흙탕물이 되는 날에는 선생님들이 웃통을 벗고 물 건너 사는 학생들을 업어서 건너다 주곤 했는데, 나는 일찍 집엘 가는 애들이 부럽기만 했었지.

우리 학교 가을 운동회는 참으로 멋졌어. 파란 하늘과 펄럭이는 만국기, 운동장을 가득 메운 구경꾼들, 청군 백군의 기마전, 점심시간을 알리는 오자미 던지기 그리고 오래달리기 시합에서 항상 1등을 하던 지각생 오석이.

벼 이삭이 노랗게 익는 가을철에는 논두렁을 휘집고 다니며 메뚜기를 잡아 강아지풀 줄기에 꽂고 코스모스 핀 길을 걸어 영평까지 걸어갔던 일은 지금도 생생해.

추석 때는 장터에서 콩쿠르대회가 열리곤 했어. 악기래봤자 기타와 드럼이 전부였지만 그때 그 악기 소리는 어쩜 그리도 가슴을 설레게 하던지, 서둘러 저녁을 먹고 온 가족이 일찌감치 장터로 향했지. 장터 우체국 앞에서 공짜 영화 볼 때처럼 땅바닥에 가마니를 깔아놓은 자리에 구경꾼들이 죽 앉아있고 기름통에 멍석을 덮어서 만든 무대 위에선 노래자랑이 시작되면 신명 많은 사람들은 무대에 올라가 같이 춤을 추며 흥겨운 잔치판을 벌였어.

유난히 추웠던 어느 겨울날, 육학년 우리 반 전체가 성종으로 토끼를 잡으러 갔다가 명옥이네 집 화롯불에 둘러앉아 고구마를 구워 먹던 일은 잊지 못할 추억이지.

눈만 뜨면 나가 놀던 길자네 마당도, 그 봉당에서 구경하던 동네 어른들도, 새까맣게 터진 손으로 자치기를 하던 동네 애들도 그리고 짚단이 세워져 있던 그 논바닥 얼음판마저도 모두가 그리운 고향인 것을.

텔레비전이 처음 나왔을 때, 학교 숙직실 앞에 텔레비전을 내놓고 온 동네 사람들이 모여 앉아 밤늦게까지 그 신기하고 재미있는 걸 보느라 시간 가는 줄 몰랐던 학교.

그렇게 옛 얘기가 가득한 우리 학교가 새마을로 이사하던 날, 우리 5학년 애들이 모두 매달려 그네며 시소를 옮기느라 머리도 깨지고 다리도 다치며 야단법석을 피웠지. 아침마다 조회가 끝나면 운동장의 돌을 줍고 풀을 뽑고 나무를 심었지. 그렇게 다듬고 가꾼 나무가 자라서 고목이 되고 우리도 머리가 허연 나이가 되었네.

동문 체육대회가 열리는 날이면 참으로 즐거웠지.

초등학교 동창을 만나면 이상하게 하는 짓이 초등학생 수준이 돼.

"야, 까불이~ 너 왜 이렇게 늙었냐?"

"자식, 사돈 남 말 하네, 너는 안 늙은 줄 알어? 이 빼빼야."

친구들은 옛날처럼 밀고 도망을 가며 장난을 치지.

"야, 내가 너 엄청 좋아했는데."

"그러면 뭐하니? 말도 안 했으면서."

여기저기서 짝사랑했던 고백이 쏟아져 나오고 모두들 까

르르 웃음이 터졌지. 몸은 늙었지만 마음은 그 옛날 초등학생이었어. 한 동네에서 울도 담도 없이 같이 살았으니 친구라기보다 형제나 다름없지.

정담을 나누고 추억을 나누던 우리 모교는 학생이 줄어들었고 결국, 신도시 아파트에 학교가 신축되자 명맥만 유지한 채 사라지고 말았어.

추억이 사라진다는 것은 참으로 쓸쓸한 일이야. 가끔 우리가 놀던 초등학교 앞을 지날 때면 그리움과 허전함이 가슴을 헤집지.

이제 정월 대보름날 망우리 돌리던 그 넓은 논밭은 공장이 들어서고 숨바꼭질하던 느티나무도 없어졌지만 마음만은 언제나 고향에 머무르지.

가난했지만 마음만은 따뜻했던, 함께 해서 행복했던 시절이었어. 그리운 이름, 보고 싶은 얼굴들, 모두에게 미소를.

어머니의
금일봉

점점 어려워지는 세상살이에
아들이 힘들어하는 것을 보면서
어머니는 밤잠을 설치며 걱정하셨으리라.
어머니가 주시는 그 봉투 속 몇 장의 지폐는
단순한 돈이 아닌 어머니의 기도이고 염원이시리라.
자식을 위한 당신의 모든 정성이셨으리라.
머리가 허연 아들이
칠순 노모에게 용돈을 받고 좋아한다.
−본문 중에서

어머니의 금일봉

.
.
.

"생일 축하해여 우리 아들."

어머니가 숫접게 웃으며 주머니에서 봉투 하나를 꺼내 오빠의 손에 쥐어주신다.

오빠는 뜻밖의 선물에 눈물이 그렁그렁해져서 봉투를 보여준다.

'우리 아덜 그저 몸 근강하게 사러라.'

눈에 익은 어머니 특유의 글씨체다.

어머니는 오십이 된 아들의 생일 선물로 금일봉을 내놓으시나 보다. 받는 이도 보는 이도 모두가 애잔한 마음이 되어 할 말을 잊었다.

오늘은 오빠 생일이라 친정에서 우리 칠 남매가 다 모였다. 만난 지 오래된 것도 아니지만 무슨 할 얘기들이 그리도 많은지 집안이 들썩들썩하다. 저녁 일찍부터 술판이 벌어지고 흥겨운 노랫소리가 들린다. 아이들은 덩달아 뛰어다니며 왁자지껄 신바람이 났다. 그야말로 잔칫집답다.

어머니는 오늘도 저녁 늦게서야 돌아오셨다. 흙에 찌들고 고춧물이 들어 불그죽죽한, 어느 자식이 입던 것인지도 모르는 너덜너덜한 옷을 입고 여전히 손에는 빵 하나를 들고서.

"엄마는 이렇게 더운데 무슨 일을 다녀요 그래? 이제 제발 일 좀 그만 다니셔. 그리고 이 빵은 새참에 잡수시지 왜 또 그냥 가져왔어요. 이젠 애들은 그런 빵 갖다줘도 안 먹으니까 이렇게 갖다가 냉동실에 모아두지 말고 그냥 잡수셔."

딸들의 지청구에도 어머니는 그저 손주들 노는 모습만 쳐다보며 행복해 하신다.

"애덜 줄라고 가져온 거 아니여. 내가 배가 불러서 그랬지. 점심에 주인 여자가 얼마나 반찬을 짭짤하게 해 왔는지 잔뜩 비벼서 먹고 그늘에서 한숨 잤더니 속이 그득한 게 어디 빵이 멕혀? 그래서 가져왔어. 그리고 오늘은 바람이 불어가지고 땀도 하나 안 흘리고 아주 수월하게 했어."

"으이그 엄마는 참, 엄마가 무슨 말 하려고 그러시는지 다 아니깐 얼른 씻고 밥이나 잡숴요."

나는 호미를 받아 걸며 눈을 흘겼다.

어머니는 늘 그런 식이었다. 일하는 게 힘들다고 하면 자식들이 못 다니게 할까 봐, 그까짓게 무슨 힘이 드느냐고, 그리고 나무 밑에서 하는 일이라 조금도 덥지 않다고 늘 똑같은 말씀을 한다.

"뭐하러 집에 혼자 우두커니 있어? 나가서 남의 얘기도 듣고 돈도 벌어다 나 쓰고 싶은 거 쓰고 그게 다 사는 재미지. 그리고 자식들이 주는 돈은 마음만 애리지 그게 어디 편해여? 내가 하나라도 풀기 있어서 꿈지럭거리면 좋지."

그러니 너희들은 걱정 말라는 표정이시다. 그리고 가장 중요한 한 가지를 꼭 덧붙이신다.

"이젠 일도 다 끝났어. 소 키우는 집 담배도 다 땄고 구장네 고추도 얼추 땄고, 그래서 일도 없어. 인제 다 끝났어."

그 얘기는 이른 봄 비닐하우스에 고추 모를 붓기 시작할 때부터 가을걷이가 완전히 끝날 때까지 계속 이어지는 얘기다. 제발 남의 일 좀 다니시지 말라는 자식들의 성화에 어머니는 바쁜 건 얼추 끝나서 일이 없다며 우리 입을 막곤 하셨다.

그리고는 손을 꼽아 가면서 셈을 하신다. 영평에 고추 심은 거 얼마, 독동에 사과 접과 해서 얼마, 고구마 캔 거 얼마, 그러면서 "아이구, 올해 번 것만 해도 쌀 몇 짝은 되겠다."라며 뿌듯해하셨다.

어머니는 품판 돈으로 가을이면 깨를 사서 기름을 짜고 고춧가루며 마늘까지 모든 양념을 다 챙겨 자식들에게 주셨다. 그래서 어머니가 주시는 것은 호박잎 하나 콩 한 톨이 그저 눈물겨울 뿐이다.

가끔씩 혼자 사는 어머니가 걱정이 되어 친정엘 들르면 대문에서부터 엄마를 부르며 들어간다. 그러면 엄마의 대답은 들리지 않고 문 앞에는 영락없이 쪽지가 놓여 있었다.

'엄마 홍창골로 이라러간다. 드러가서 밥머꾸 배차 소꺼가라.'

맞춤법도 다 틀리고 띄어쓰기도 안 된, 그래서 몇 번을 읽어야만 알 수 있는 당신만의 문장으로 어머니는 늘 쪽지를 남기셨다.

언젠가, 친정에 전화를 했는데 어머니가 받지 않으셔서 어디가 많이 편찮으신가 혹시 쓰러지신 건 아닌가 해서 자식들이 야단법석을 피운 적이 있었다.

그날 이후로 어머니는 일 가실 때는 자식들이 다녀갈 것을 대비해서 아무리 바빠도 행선지를 알리는 쪽지를 늘 남기셨다.

그렇게 봄부터 가을까지 열심히 번 돈으로 급기야 오늘은 큰아들 생일에 금일봉까지 준비했다.

"우리 아들, 늘 근강하구 사업도 잘 되구, 그저 애들하고 오순도순 잘 살기를 내가 특별히 축원하는 거여."

어머니는 다시 한번 아들의 손을 잡으며 부탁하셨다. 그랬다. 그 속엔 어머니의 간절함이 배어 있었다.

점점 어려워지는 세상살이에 아들이 힘들어하는 것을 보면서 어머니는 밤잠을 설치며 걱정하셨으리라. 어머니가 주시는 그 봉투 속 몇 장의 지폐는 단순한 돈이 아닌 어머니의 기도이고 염원이시리라. 자식을 위한 당신의 모든 정성이셨으리라.

머리가 허연 아들이 칠순 노모에게 용돈을 받고 좋아한다.

"엄마 두고 봐유, 내 생일 때도 빤스만 사주지 말고 오빠하고 똑같이 봉투 줘야 돼요. 안 그러면 나 삐질 거니까."

동생의 농담에 다시 와르르 웃음이 터졌다. 모두들 눈가가 축축한 채.

곰배령의 기적

행복하소서.

그리고 부디 귀한 의사 선생님 되소서.

나는 그 일이 떠오를 때마다 곰배령에서 만난 여자 의사 선생님을 떠올리며 그분을 위해 기도드린다.

의사는 아무나 하는 게 아닌 듯하다. 하늘이 낸 사람만이 하는 것 같다. 특히 오랜 시간 수술을 해서 귀한 생명을 살리거나 뜻밖의 장소에서 목숨을 구해 주는 의사 선생님들을 보면 저절로 머리가 숙여진다. 그날도 그랬다.

평생 은인이라 생각하는 분이 계시다.

어느 봄날, 가족과 함께 강원도에 있는 점봉산 곰배령엘

갔다. 천상의 화원이라고 할 만큼 온갖 야생화가 피어있는 아름다운 곳이라고 해서 꼭 가보고 싶었다. 어렵게 예약을 하고 신분증까지 지참하고 여행길에 올랐다. 숙소에 짐을 풀고 인근 분교에서 즐거운 시간을 보낸 후 저녁 식사를 하며 여유로운 시간을 보냈다.

다음 날, 아침 일찍 정해진 시간에 맞춰 입구에서 규칙을 듣고 곰배령 정상을 향해 출발을 했다. 꽃내음을 맡으며 오르다가 잠깐 쉬어 간식으로 준비해 간 빵과 물을 먹고 다시 걷기를 시작했다. 이제 한 굽이만 올라가면 기대했던 아름다운 풍경이 펼쳐질 터였다.

정상을 앞두고 잠시 쉬었다. 그런데 아들의 얼굴을 보는 순간 너무나 깜짝 놀랐다. 얼굴 전체에 밤톨만 한 두드러기가 쫙 깔린 게 벌겋게 부어올라 괴물 같았다. 옷을 벗겨보니 팔이며 등까지 온몸이 보기에도 끔찍했다. 두드러기가 나면 피부에만 올라오는 것이 아니라 기도까지 막아서 위험하다는 말을 들은 적이 있기에 더 겁이 났다.

갑작스런 상황에 어찌할 바를 몰랐다. 관리사무소에 전화를 해봐도 뾰족한 대답을 못한다. 아이는 여기까지 왔다가

정상을 앞두고 그냥 내려가는 걸 미안해 했지만 그렇게 문제가 아니었다. 한시라도 바삐 병원엘 가는 게 급선무였다. 내려가려면 서너 시간은 걸릴 텐데 그저 막막하기만 했다. 짐을 간단히 챙기고 내려오는데 아이의 얼굴은 점점 더 부풀어 오르고 갈 길은 멀고, 아이구 하느님 소리가 저절로 나왔다.

계곡물이 보였다. 시원한 물로 씻으면 가려운 게 좀 가라앉을까 싶어 아이를 씻게 하고 멍하니 서 있었다. 그런데 옆에 앉아있던 한 여성이, "저건 씻어서 될 일이 아닌데."라면서 가방을 열더니 약통에서 알약 몇 개를 꺼내 주는 게 아닌가?

너무나 뜻밖이었다. 그래서 누구시냐고 하니까, "강원도에 있는 피부과 의사인데 전 항상 비상약을 가지고 다녀요. 이걸 먹으면 가라앉을 테니 천천히 내려가서 병원에 가세요." 하는 것이다.

'세상에 어쩜 이럴 수가, 이렇게 깊은 산중에서 피부과 의사를 만나다니.' 상상조차 할 수 없는 일이었다.

아들에게 약을 먹이고 너무나 감사해서 고맙다는 말도 제대로 못하고 그 선생님의 얼굴만 쳐다봤다.

내려오다 보니 그 의사 선생님의 말처럼 두드러기는 깨끗이 가라앉고 멀쩡해졌다. 집에 돌아와서 나중에 검사를 해보니 아이에겐 면역력이 떨어진 상태에서 호밀과 양배추를 먹으면 알레르기 반응이 나올 수 있고 그날 간식으로 먹었던 빵이 문제를 일으킨 것 같다는 결론을 얻었다.

오래 전의 일이지만 그날, 막막했던 순간에 만난 그 의사 선생님을 나는 잊을 수가 없다. 그리고 경향이 없어서 어느 병원의 누구신지 알아놓지 못한 게 너무나 아쉽다. 난 지금도 그 일이 떠오를 때마다 그분을 위해 기도드린다.

의사 선생님! 그날 당신은 하느님이 보내주신 천사였습니다. 그리고 우리 가족의 은인이십니다. 부디 많은 생명을 살리는 귀한 의사 되십시오. 정말 감사했습니다.

행복

ㆍ
ㆍ
ㆍ

아침 시간, 1분 1초를 바쁘게 움직이다가 가족들이 직장으로 학교로 모두 빠져나가고 텅 빈 집에 혼자 남으니 정적이 감돈다. 여기저기 해야 할 일들이 수북이 쌓여 있건만 할일 없는 사람처럼 서성이다 이불 속으로 쏙 들어가 본다. 새벽에 일어날 때면 5분 만이라도 더 포근한 이불 속에 있고 싶었다. 그래서 그 기분을 만끽해 보려고 눈을 감아보지만 기대했던 감미로움은 느껴지질 않는다.

다시 일어나 TV를 켜봐도 특별한 것도 없고 해서 컴퓨터 앞에 앉았다.

책상 한쪽에 나를 위해 아들이 붙여놓은 메모를 보며 더듬더듬 인터넷을 찾아 들어갔다. 특별히 메일이 올 데도 없고 보내야 할 곳도 없는, 그저 아이들의 성화에 못 이겨 만들어 놓기만 한 이메일을 무심코 여는 순간, 아름다운 음악과 함께 화면 가득 함박눈이 소복이 내리고 있다. 그 황홀한 모습에 넋을 놓고 보고 있는데 편지가 뜬다.

> 엄마~
> 나 엄마 아들, 장남^^
> 우리 엄마 컴퓨터 잘하시네. 여기까지 찾아 들어오시고 ㅎ
> 엄마가 빨리 눈이 오면 좋겠다고 했지요?
> 엄마는 그렇게 눈을 기다리는데 하늘에선 눈이 안 오고
> 그래서 내가 눈 오는 영상을 만들었어요.
> 엄마, 눈 구경 실컷 하시고 좋은 글, 많이 쓰세요.^^
>
> 　　　　　　　　　　　　　엄마를 사랑하는 장남 드림

나는 아들이 만들어 준 눈을 하염없이 바라보았다. 그리고 그 달콤한 눈을 맞으며 눈꽃 속에 파묻혀 맘껏 행복하다.

눈은 소복소복 쌓이고 나는 행복에 겨워 아들에게 편지를 쓴다.

아들아, 사랑하는 나의 아들아!

이 세상 전부를 준다 해도 바꿀 수 없는 소중한 나의 아들, 그 조그맣던 네가 어느새 이렇게 자라서 엄마 마음을 헤아려주는 나이가 되었구나.

기특하고 대견한 우리 아들, 엄마는 네가 이렇게 잘 자라줘서 그저 고마울 뿐이다.

자상한 우리 아들, 정말 고맙다~^^.

그렇게 편지를 쓰면서 생각해보니, 제대로 입히지도 못하고 먹이지도 못한 게 너무나 마음에 걸려서 자꾸만 눈물이 나온다.

결혼 초에 우리가 살던 집은 방 한 칸에 작은 부엌이 딸린 곳으로 다섯 가구가 나란히 붙어 있었다. 그리고 집집마다 입구에 연탄을 쌓아놓았는데 우리 아기가 아장아장 걸어 다니며 연탄집게를 들고 장난을 쳤다. 처음에는 그러지 못하게 말리기도 하고 아기가 부숴 놓은 연탄값을 물어주기도 했지만 계속 그럴 수도 없는 일이라 눈만 뜨면 앞에 있는 초등학교 운동장으로 데리고 가서 놀게 했다. 그러다가 그 학교 사택이 비어있다는 얘기를 듣고 사택으로 이사를 했다.

부지런한 우리 아기는 해가 뜨기도 전에 일어나서 삐삐 소리가 나는 신발을 신고 애들이 공부하는 교실이건 교무실 이건 아무 데나 휘젓고 돌아다녔다. 기저귀만 차고 삐삐거 리며 요리조리 돌아다니는 아기를 학생들은 귀엽다며 따라 다니고 나는 민망해서 아이를 붙잡으러 쫓아다니곤 했다.

녀석은 아빠가 점심 식사를 하러 집엘 오면 오토바이를 태워달라고 매달리곤 했다. 그래서 오토바이 앞에 태우고 한 바퀴 돌고 오면 내리기가 싫어서 손으로 제 눈을 가리고 있다가 한 바퀴를 더 태워주면 그제서야 아빠한테 손을 흔 들며 보내주었다.

아파트로 이사를 간 후에는 산길을 걸어 학교까지 가야 되는데도 힘들다는 말 한마디 없이 친구들하고 즐겁게 다녔 고, 들꽃을 따다가 엄마 선물이라며 내밀던 참으로 고맙고 기특한 아들이었다. 그리고 동네 꼬마들을 다 이끌고 대장 노릇을 하면서도 제 동생만은 살뜰히도 보살펴 주던 인정 많고 배려심 깊은 우리 아들이었다.

벽에 걸린 녀석의 어릴 적 사진을 들여다보면 저절로 웃음이 나왔다. 얼굴은 새까맣고 눈만 반짝거리는 게 정말 못생겼다. 그런데도 그때는 우리 아기가 제일 예쁜 줄 알았다.

어렸을 때는 병치레를 하도 해서 눈만 뜨면 병원 가는 게 일이고, 밤잠을 설칠 때면 언제나 크나 싶었다. 하루는 곤히 자던 아기가 갑자기 자지러지게 울었다. 너무나 놀라서 이불에 바늘이라도 들어갔나 싶어 찾아보고, 안고 흔들다가 우유도 먹여보고 별짓을 다해봐도 아기는 까무러칠 듯 울기만 했다. 이러다간 큰일 나겠다 싶어 아빠 오토바이 뒤에 타고 읍내 병원으로 달려갔다. 새벽안개는 자욱해서 앞은 안 보이고 쌀쌀한데 병원 문을 아무리 두드려도 기척이 없다. 또 다른 병원으로 갔다. 문을 두드리다 포기를 하고 돌아서는데 병원 위층에서 할아버지가 나오더니 우릴 불러세웠다.

"우리 아기가 많이 아픈가 봐요, 이렇게 계속 울어요."

내 얘길 듣더니 할아버지 의사가 호통을 치셨다.

"애가 자다가 울면은 포대기로 폭 싸서 업고 토닥토닥해서 재워야지, 이 안개 낀 새벽에 애를 끌고 돌아다니면 멀쩡한 애도 병이 날 테니 얼른 집으로 가세요."

난 지청구를 들으면서도 그 말이 왜 그리 고마운지, 다시 집으로 돌아와 보니 아기는 이미 내 품에서 잠이 들어있었다.

여섯 살 때, 교통사고가 나서 머리를 온통 붕대로 감고 응급실에 누워있는 아들을 보며 매달릴 데는 하느님밖에 없었다. 오직 당신만이 하실 수 있으니 제발 살려달라고, 우리 아기만 살려주시면 내 평생 당신의 도구로 살겠노라고 빌고 또 빌었다. 그리고 사고를 낸 운전사가 피해 입지 않도록 부탁을 했다. 퇴원을 하고도 가끔씩 머리가 아프다고 하면 사고로 인한 후유증일까 봐 가슴이 철렁하고 제발 건강하게 자라기만을 간절히 바랬었다.

첫 아이여서 기쁨도 컸지만 유난히 신경이 쓰이던 아이였는데, 그러던 녀석이 언제 이렇게 자라서 엄마를 위해 눈 오는 풍경을 선물하다니….

얼른 시장엘 다녀와야겠다. 오늘 저녁엔 우리 아들이 좋아하는 불고기를 넉넉히 준비해서 먹여야겠다.

나는 창문을 활짝 열고 청소를 한다. 상쾌한 공기가 집안 가득 들어찼다.

땀

•
•
•

책꽂이 정리를 하다가 낡아서 노랗게 빛이 바랜 노트를 발견했다. 몇십 년이 되었는지 종이마저 바삭하다. 그 속에 상장과 함께 원고가 끼어 있다. 통신고등학교 다닐 때 이야기다. 반가움에 읽어보니 그때 일이 눈에 선하다.

초가을의 햇살이 무지개처럼 아름답게 퍼져나가는 산길을 버스는 신나게 달린다.

이 얼마나 아름다운 세상인가, 얼마나 축복받은 오늘인가!

오늘도 보람된 하루 되게 해주시고 저희의 생각과 말과 행위를 주님의 평화로 이끌어 주소서. 마음속으로 기도를 드린 뒤 창밖을 내다보니 산자락마다 안개가 천사의 날갯짓을 하며 피어오른다.

"엄마, 안녕히 다녀오세요." 제법 의젓하게 형과 함께 나와서 인사를 해주던 작은 녀석의 모습이 마치 잔잔한 조약돌이 깔린 옹달샘 같다는 생각을 하면서 2년 전 그때를 생각해 본다.

결혼을 해서 두 아이를 낳고 내 시간이란 도저히 찾아볼 겨를도 없이 바쁘게 살았다.

작은 아이가 제 발로 혼자 서서 땅을 내딛기 시작하면서부터 나는 잊혀진 줄로만 알았던 배움에 대한 갈망이, 가슴 저 밑바닥에서 앙금처럼 가라앉았던 그 목마름이 머리를 풀어헤친 채 자꾸만 나를 괴롭혀왔다. 나는 용기를 내서 남편에게 도와달라고 떼를 썼고 그는 원서를 써서 그날로 제출까지 해주었다.

학교 가는 날이 어릴 때 설날을 기다리던 때처럼 더디게만 다가왔다.

꼭두새벽에 일어나 빨래를 해 널고 저녁밥까지 해서 보온밥통에 퍼 놓고 애들 간식을 만들어 놓고, 용솟음치는 행복을 연신 콧노래로 뿜어내며 학교 갈 준비를 하고 문을 나설라치면 두 돌이 채 안 된 작은 아이가 치맛자락을 붙잡고는,

"엄마 가지마, 나도 데려가" 하면서 울음을 터트렸다. 달래기도 하고 야단도 쳐보면서 겨우겨우 남편에게 안겨주고 나오려면 녀석의 우는 소리가 자꾸만 내 발걸음을 무겁게 했다.

'뭘 얼마나 하겠다고 남편 고생시키고 애들 울려가면서까지 이러는가. 그만두자, 차라리 다 그만두자.' 다짐을 하고 또 하지만 애들 때문에 내가 하고 싶은 것을 포기하기에는 너무나도 아쉬움이 많았다.

어쩌다 남편이 애들을 못 봐주는 날이면 나는 더욱 바빴다. 애들 옷을 챙겨 들고 책가방을 멘 손으로는 아이를 붙잡고 세 번씩 버스를 갈아타면서 친정으로 향했다.

아쉬울 적마다 찾는 것은 친정엄마다. 아이들이 대문 안으로 들어서는 걸 보면서 나는 또다시 학교 가는 버스를 탔다.

학교가 끝나면 다시 아이들을 데리러 갔다. 엄마가 싸 주시는 참기름이며 야채를 얻어가지고 버스에 오르면 일요일 저녁 시외버스엔 웬 사람이 그리도 많은지, 얼굴 돌릴 틈조차 없는 곳에서 간신히 버티고 섰노라면 큰아이는 그래도 형이라고 잘 서 있는데 작은 녀석은 또 투정을 부렸다.

"엄마 나 힘들어, 나 졸려" 하면서.

어디 앉힐만한 틈조차 없는 터라 무게가 꽤 나가는 녀석을 안고 한 시간을 서 있자면 내 몸은 감각을 잊은 채 이마에서도 등에서도 땀이 흘러내렸다.

'이게 뭐 하는 짓인가. 도대체 난 뭘 이루고자 이 짓을 하는가?' 수없이 많은 생각들이 가슴을 헤집고 지나갔다.

그러나 얼마나 어렵게 시작했는데 이대로 끝낼 수는 없지 않은가. 그리고 내게는 아직도 많은 날들이 남아 있지 않은가. 하는 거다, 해내는 거다. 그래서 내 스스로 만족할 수 있을 때까지. 그래서 엄마가 배우고자 애쓰던 모습을 우리 아이들에게 유산으로 남겨주자.

파아란 하늘을 등받이하고 문 창호지를 새로 바르시던 우리 할머니의 그 고운 눈매가 창호지 속의 분홍색 코스모스와 함께 내 가슴에 새겨져 있듯이, 뙤약볕에서 김을 매던 엄마의 맨발과 구멍 난 옷이 내 가슴에서 영원히 지워지지 않듯이.

난 언제나 공부하는 엄마의 모습으로 내 아이들에게 기억되고 싶은 것이다.

영원히 아주 영원히.

　－전국 방송통신고등학교 학예경연대회 교육부장관상 수상작(대상)

대상을 받고 단상에 올라가서 작품을 낭독했다.

지나간 시간들이 생각나서 목이 메었다. 그런데 감정을 추스르고 읽어나가다 보니 동병상련이었는지, 여기저기서 흐느끼는 소리가 들렸고 나중에는 관중석을 꽉 채운 사람들이 모두 꺼역꺼역 울어서 공연장이 눈물바다가 되었다. 잊지 못할 감동의 순간이었다.

우리 반에는 다양한 연령층만큼이나 입학을 하게 된 동기도 다양했다. 어떤 사람은 중학교만 나온 게 자식들 보기에 창피해서 왔다는 사람도 있었고 공부에 한이 되어 온 노인도 있었지만, 나처럼 고등학교를 두 번 다니는 사람은 없었다.

학생들 중에는 자칭 조폭이었다는 한 중년남성이 있었는데, 고등학교 과정을 잘 마치고 대학교를 가서 평생소원이던 학사모를 자기 어머니에게 씌워줄 거라고 했다. 그리고 그는 정말 공부를 열심히 했고 대학교에 합격까지 해서 우리에게도 희망을 주었다.

모두들 어려운 처지에서 만나 삶의 한 부분을 함께 했던 사람들. 교지를 만들며 설레었던 시간들, 소풍 날 단월 강가의 추억은 오래도록 잊지 못할 것이다. 졸업식 날 내가 답사를 낭독할 때 회한의 눈물을 흘리던 급우들의 모습, 헤어지기가 아쉬워서 교실을 서성이던 우리반 친구들과 선생님.

아, 그리운 이름이여, 보고 싶은 얼굴들이여.

삶

:
:

들어 보았는가, 삶이 무너지는 소리를!

들어 보았는가, 삶이 무너져 내동댕이쳐지는 소리를!

몇 달 전, 술에 취해 들어 온 남편은 담배를 비벼 끄며 말했었다. 아무래도 얘기를 해야겠다고, 실직이 되었노라고.

그때 나는 들었어, 삶이 무너지는 소리를. 내 삶이 무너져 난도질을 당한 채 끝없는 나락으로 떨어지는 소리를.

곳곳에서 IMF라느니 부도가 났다느니 하면서 가슴 철렁한 얘기들이 들려왔지만, 그래서 남편 눈치를 보며 불안해한 것도 사실이지만 그래도 설마 설마 했었는데, 실직이라니 내 남편이 실직이라니…

죄가 있다면 바보스러우리만치 성실한 것뿐인데, 아, 땅을 치리만큼 더 큰 죄가 있다면 윗사람한테 선물 하나 안 주고 아부 못한 죄밖에 없는데….

괜찮다고, 그렇게 일하고 그까짓 월급 받는 거 차라리 잘되었다고, 이참에 아예 다른 걸 해 보자고 아무렇지도 않은 듯 농담까지 했지만, 우두커니 앉아 구인란만 뒤적이는 남편을 보면 가슴이 메었고 아빠랑 실컷 놀게 됐다고 좋아하는 철없는 아이들을 보면 또 그것들이 불쌍해서 눈물이 나왔다.

주위에선 그랬다. 공사판이라도 알아보라고. 어디 식당 배달이라도 하면 밥이야 못 먹고 살겠느냐고.

우습지, 인생이란 참 우습지. 이사님 소리 듣던 내 남편이 하루아침에 공사판 잡부가 된다니, 식당 배달원이 된다니. 허어 허어허허허!

직업소개소엘 찾아갔다. 내가 벌려고. 남편은 그동안 고생 많이 했으니까 이젠 내가 벌려고. 헌데 그는 내게 물었다, 뭘 할 수 있느냐고. 순간 난 생각했지, 난 뭘 할 수 있을까? 아, 난 정말 할 수 있는 게 아무것도 없구나. 그저 남편의 그늘에서 매미처럼 노래만 불렀구나.

윙윙거리는 청소기는 그 소리만큼이나 거세게 뒤꽁무니로 뜨거운 열기를 뿜어냈다. 수북하게 쌓여 있는 설거지를 하고 화장실 청소까지 하고 나니 목에서 흘러내린 땀 줄기가 등으로 스며들고 있었다. 이제 며칠이 됐나 날짜를 꼽아보니 오늘이 꼭 두 달째다.

처음 이 집에 파출부로 오던 날, 주인 남자가 건네주는 열쇠를 받으며 나는 비지직 웃었다. 낯선 집 낯선 부엌에서 얼굴도 모르는 사람들을 위해 음식을 만들고 그들의 옷을 빨아 다리면서 나는 한없이 낄낄거리며 웃고 싶었어. 아니 차라리 비죽비죽 흐르는 눈물을 가슴으로 받아 안으며 집이 떠나갈 듯 소리 지르고 싶었다. 아니 아니다, 눈만 말똥거리는 생쥐처럼 구석에 쪼그리고 앉아 찍찍거리며 울고 싶었다.

'그래, 난 꽤나 유명한 회사의 이사 사모님이었어. 그리고 지금은 이 집의 파출부다. 그래서 그게 어쨌다는 거야. 그래, 등신같은 내 남편 하루아침에 실직됐어. 남들은 명절이다 생일이다 해서 윗사람한테 잘 보이려고 번쩍거리는 선물 꾸러미 들고 줄 서 있을 때 난 못했어. 아니 치사해서 안 했어. 내 남편 능력 있으니까, 그리고 성실하니까. 회사 일이라면 밤중이 아홉이라도 달려가는 사람이니까, 그래서 회사가 넘어가지 않는 한 실직이란 있을 수 없다고 늘 믿어 왔었지. 그런데 거짓말처럼 그인 말했어, 실직이 됐노라고….

주인집 아이들을 씻기고 저녁을 하고 있는데 그 집 남편한테서 전화가 왔다. 병원에 있던 막내 아이가 퇴원을 해서 집으로 오고 있으니까 암죽을 좀 끓여 놓으라고. 그리고 자기 아내는 무척 깔끔한 성격이니까 청소도 깨끗이 하고 반찬에도 신경을 써달라고. 냉장고며 씽크대를 다시 닦고 화장실 청소를 하고 나오니 장난감을 흩어 놓고 놀던 아이들은 마룻바닥에 우유를 쏟아 놓은 채 싸우고 있었다.

퇴원한 아이를 보러 친척들이 몰려왔다.

아이가 두어 번 기침을 하니까 그 집 할머니가 얼른 와서 음식 냄새를 맡아서 그렇다며 칸막이를 내려버렸다. 삼복더위에 그것도 바람 한 점 들어올 틈도 없는 부엌에서 음식을 만들다 보니 칸막이 저쪽에서 아이를 어르는 웃음소리가 들렸다. 문득 집에 두고 온 내 아이들이 눈에 어려서 자꾸 헛기침만 해댔다.

초승달이 걸려 있는 하늘을 등불처럼 바라보며 집에 돌아오니 다섯 살 난 내 아이는 찬밥에 오이지 한 조각을 놓고 제 동생 밥을 먹여주고 있었다. 문득 난 또 낄낄거리며 웃고 싶었다. 세상을 향해, 남편을 향해, 그리고 파출부가 된 나를 향해.

'말하지 마, 인간만사 새옹지마라고 말하지 마. 말하지 마, 비 온 뒤의 땅은 더 굳어지는 거라고 말하지 마. 아 제발 말하지 마, 몸만 건강하면 다 살 수 있다고, 남의 얘기라고 그렇게 쉽게 말하지 마. 난 지금 가출하고 싶어. 난 지금 세상에서 가장 무능력한 내 남편과 이혼하고 싶어. 아니, 차라리 성난 짐승처럼 달려오는 기차 바퀴 속에 뛰어들어 풍비박산이 나서 죽고 싶어. 그리고 그 보상금으로 불쌍한 내 아이들에게 자장면을 사 주고 싶어.'

소주를 마시면 잠이 올 것 같았는데 정신이 더 말똥거린다. 생전 처음 담배를 피워 물었지. 소주 한 잔에 안주 삼아 피우는 담배는 죽여 주더군.

어느 때쯤인가, 그리고 이곳은 어디인가, 천둥소리와 차들이 빵빵거리는 소리에 정신을 차려보니, 이미 신호가 바낀 사거리 중간쯤에 사람의 형체가 보였다. 휠체어에 앉아 있는 사람은 뒤틀린 손으로 얼굴에 빗물을 훔쳐내고 있었고 또 다른 사람은 다리를 절뚝거리며 한 손으로 휠체어를 밀고 있었다. 그들은 정확하지도 않은 발걸음을 재촉하며 빗속을 뚫고 앞으로 나아갔다. 그리고 얼마나 긴 시간이 흘렀을까, 인도로 올라선 그들은 안도의 표정을 나누며 묵묵히 멀어져 갔다.

그들이 보이지 않을 때까지, 아니 그리고도 얼마를 더 있었던가.

'저러고도 사는데, 저렇게 하고도 살아가는데, 나는 열 개 중 아홉 개를 가졌으면서도 부족한 하나에만 집착하며 좌절하고 있었구나.'

문득 아이들이 보고 싶다. 그들의 맑은 눈망울이 엄마를 찾는다.

나는 구멍가게로 들어가서 내 아이가 좋아하는 라면을 사 들고 집을 향해 뛰었다.

고백

•
•
•

  '헛되고 헛되도다. 세상만사가 다 헛되도다.'라는 솔로몬의 말이 딱 맞았다.

  '인생이란 뿌리 뽑힌 나무에 끊임없이 물을 주는 것.'이라고 하더니만 정말 그랬다.

  그동안 잘 살아보려고 참으로 무던히도 애를 썼다. 돈 한 푼 없이 신접살이를 시작해서 빠듯한 월급에 생활비를 줄이며 아끼고 모아 시내에 작은 대지를 구입했다. 그리고 몇 년 동안 또 적금을 붓고 대출을 받아 드디어 꿈에 그리던 2층 집을 지었다.

  얼마나 좋은지, 다리도 제대로 뻗을 수 없는 방 한 칸짜리에서, 13평짜리 사원아파트를 거쳐 드디어 널찍한 2층짜리 내 집을 갖게 되었으니 세상 부러울 게 없었다.

그런데 얼마 지나지 않아 법원에서 등기가 왔다. 집이 경매로 넘어간다는 통지서였다. 너무 놀라 알아보니 남편이 친척 누나 보증을 서 줬는데 갚지 않아서 결국 우리가 빚을 떠안게 되었다는 것이다. 청천벽력이었다.

그 집을 짓기 위해 내가 어떻게 살았는데, 먼 길을 다닐 때도 버스비를 아끼느라 그 추운 겨울에도 새벽 완행열차를 타고 다녔고 아침밥 대신 설탕물을 타 마시며 허기를 달랬다. 겨울에도 오토바이를 타고 눈길에서 수없이 넘어지고 자빠지면서 밤늦게까지 학생들 과외를 했고, 끼니때가 되면 싼 음식점을 찾느라 골목을 헤매기도 했다.

문학상을 받던 날도, 일을 하고 정신없이 달려가서 화장실에서 한복을 갈아입고 헐레벌떡 식장엘 들어가니 남들은 다들 우아하게 꽃단장을 하고 앉아있는데 정작 주인공인 나는 옷고름을 묶으며 상을 받으러 나갔다.

어쩌다 손님이 오면 고기 한 근 살 돈이 없어서 돈을 빌리러 남의 집을 기웃거렸고, 장날이면 버려지는 무잎을 주워다 삶아서 국을 끓이고 그나마 없을 때는 된장에 물만 붓고 끓여 먹은 날이 절반을 넘었다. 그뿐인가. 어린 것들한테도 자장면 한 그릇을 못 사주고 친척들에게 옷을 얻어다 입히면서 아끼고 모아서 지은 집이었다.

그런데 제까짓 게 뭐라고, 우리가 집 짓는데 동전 한 푼 보태주지도 않은 여자가 하루아침에 우리 집을 날린단 말인가.

그녀에게 전화를 걸었다. 없는 번호란다. 수소문을 해서 다시 번호를 알아내면 또 바뀐 번호라 했다. 법원에서 통지한 날짜는 다가오는데 그녀에겐 연락이 되지 않았다.

어렵게 연락처를 알아내서 전화를 걸었다. 처음에는 얘기를 들어보고 정이나 처지가 딱하면 내가 대출이라도 받아서 갚을 각오까지 했었다. 그런데 대뜸 하는 소리가 손윗사람한테 예의도 없이 밤중에 전화를 했다며 욕을 해댔다.

적반하장이었다. 미안하다고 빌어도 시원찮을 판에 고래고래 소리를 지르며 끝도 없이 난리 치는 그녀의 전화를 내려놓고는 억울하고 기가 막혀서 할 말이 없었다. 그리고 그런 여자를 누이라고 믿고 보증을 서 준 남편이 너무 원망스러워서 소주를 병째 들이켰다. 자기는 수백만 원짜리 옷을 사 입고 돈을 물 쓰듯 하면서, 적반하장도 유분수였다.

숨을 쉴 수가 없었다. 숨이 목구멍까지 차오르며 헐떡거리다가 간신히 한숨처럼 내뿜어졌고 가슴은 바윗덩어리가 짓누르는 듯 무겁고 답답해서 도저히 견딜 수가 없었다. 어떻게든 될 테니 신경쓰지 말자고, 나 자신을 위해서라도 잊어버리고자 애를 썼지만 자다가도 그녀의 악다구니가 떠올라 잠을 설쳤고, 청소를 하다가도 문득문득 화가 치밀어올랐다. 결국 여러 병원을 돌아다니다가 신경정신과 약을 먹으면서 조금씩 나아졌다.

인생은 산 넘어 산이라고 했던가. 보증 선 게 겨우 정리가 되고 나니 또 다른 곳에서 독촉장이 날아왔다. 대출받은 걸 빨리 갚지 않으면 법적으로 처리하겠다는 내용이었다. 도대체 무슨 영문인지 알 수가 없어서 찾아가 보니 남편 이름으로 대출이 되어 있었다. 뭔가 잘못된 거라고 다시 알아봐 달라고 책임자한테 애원을 해도 언제까지 갚지 않으면 법적 절차를 밟겠다는 말만 완강하게 할 뿐이었다.

오기가 생겼다. 그래서 모든 서류를 내 눈으로 직접 보겠다고 맞섰다. 서류에는 대출을 받은 사람은 남편으로 되어

있고 보증인은 전 직장 상사로 되어있는데 필체며 서명이 분명 남편 것이 아니었다. 조작된 것이 확실했다. 직장 상사는 직원과 짜고 남편의 이름을 도용해서 대출을 받은 뒤 잠적해 버렸고 겁이 난 직원은 건강을 핑계로 퇴사한 모양이었다. 결국 책임자는 그 사실을 알면서도 우리에게 모든 것을 뒤집어씌우는 눈치였다.

내가 말했다.

"지금은 금융실명제가 도입된 상황이고 이 글씨는 남편의 것이 아니다. 당신들이 법대로 하겠다고 했으니 나도 법대로 처리하겠다."라면서 언론사에 전화를 돌렸다. 그랬더니 그렇게 도도하던 책임자가 갑자기, "사모님, 차 한잔 드시면서 천천히 다시 얘기를 나누시지요."하면서 굽신거렸다.

그러고 보니 세상에는 그럴싸한 가면을 쓰고 힘없고 무지한 사람들을 이용해 먹으면서 사는 비열한 인간이 너무나 많은 곳이었다. 그리고 착한 사람은 좋은 사람이 아니라 이용당하기에 딱 좋은 만만한 사람이었다.

전 직장 상사가 상을 당했다는 얘기를 전해 듣고 우리 내외가 조문을 갔다.

'내 운명의 결정권을 상처 준 사람에게 줄 것인가 내가 결정할 것인가.'라는 글을 읽은 직후였다. 우리를 보고 자리를 피하는 그에게 남편이 손을 내밀었다. 처음엔 어색했지만 가벼워진 마음으로 돌아올 수 있었다.

지나온 순간들이 꿈만 같다. 그러나 '이 또한 지나가리라.'라는 어느 현자(賢者)의 말처럼 그래도 시간은 흐르고 우리는 감사하게도 탈 없이 살아왔다.

현재를 잘 살려면 과거의 것은 등 뒤로 던져버리라 한다. '나를 옥죄고 있는 그 사건과의 관계에서 정직하게, 인정할 건 인정하고 화해할 건 화해하고 용서할 건 용서하고, 그리고는 끊어버리라고 한다. 과거에 속박당하지 말고 가장 중요한 현재를 살라.'고 한다.

어느 순간부터인지 보증이란 덫으로 나를 괴롭히던 그들을 측은지심으로 바라보게 되었다.

인생은 그저 헛되고 헛된 것이 아니라 충분히 살 만한 가치가 있는 것이었다.

꿈의 나래를 펴고

.
.
.

화계산 중턱에 붉은 해가 걸렸다. 바람은 살랑대며 자작
하게 솟은 땀을 식혀준다. 짙푸른 주목나무 사이로 뾰족하
게 돋아난 연녹색 이파리들은 꽃이 핀 것처럼 앙증맞다. 하
루의 일을 마치고 고요한 들녘에 서서 지는 노을을 바라보
는 이 시간이 하루 중 가장 행복한 시간이다.

늘 꿈을 꾸었다. 뒷산에선 한가로이 새소리 들리고 앞 도
랑엔 꽃잎이 돌돌 흐르는 곳, 온갖 나무와 꽃 사이로 성모상
이 서 있는 정원, 마당에는 두 아들을 위해 농구장을 만들
고, 아이들의 웃음소리가 온 천지에 가득한 그런 집에서 한
가로이 지는 해를 바라보고 싶었다.

그런데 내가 원하는 그런 곳을 찾기는 좀처럼 쉽지가 않

았다. 시간만 나면 땅을 보러 다녔지만 마음에 드는 곳은 돈
이 모자라고 돈에 맞는 땅은 마음에 들지가 않았다.

사람에게도 천생연분이 있듯이 땅과의 인연도 그런 것 같
다. 아무리 다녀봐도 마땅한 곳을 찾지 못하고 있던 어느
날, 우연히 그 땅을 보게 되었고 첫눈에 반해버렸다.

내가 찾던 바로 그런 곳이었다.

뒤에는 아담한 산이 있고, 나지막한 집들이 옹기종기 모
여 있는 마을 옆, 도랑에는 물이 돌돌 흐르고 그림처럼 벚꽃
이 흐드러지게 피어있었다. 더구나 어릴 적 코스모스 길을
따라 걷던 추억이 깃든 곳이니 금상첨화였다.

그 땅과 인연을 맺고 내 꿈을 펼쳐 나갔다. 둑에는 감나무
며 대추나무와 매실 등 과일나무를 심고 이다음에 우리 손
주들이 와서 오디를 따 먹을 수 있게 뽕나무까지 심었다. 그
리고 철 따라 볼 수 있게 개나리며 싸리꽃을 캐다 심고 배롱
나무와 후박나무도 심었다.

봄에는 앙증맞은 제비꽃을 시작으로 형형색색 야생화가
신비롭게 피어났고 여름이면 노란 해바라기가, 가을이면 내
가 좋아하는 코스모스가 파란 하늘 아래 살랑거렸고 겨울에

는 우리의 희망인 주목나무가 하얀 눈 속에서도 초록빛을 잃지 않고 꿋꿋하게 서 있었다.

세상에는 여러 종류의 행복이 있겠지만, 나는 내 좋은 사람과 함께 밭을 가꾸고 거기서 새록새록 자라나는 새싹들을 보며 그 보드라운 감촉을 느끼는 것이 참으로 행복했다. 그리고 지난여름에는 오이와 호박을 심어 찾아오는 지인들에게 들려 보내니 주는 나도, 받는 그들도 기쁨은 배로 더했다.

올봄엔 도랑 한쪽에 미나리를 캐다 심었더니 그것이 퍼져서 제법 미나리꽝을 이루었다. 도랑물이 맑기가 그지없으니 그 향긋한 미나리로 파랗게 전을 부쳐서 지인들과 막걸리 잔을 기울일 생각을 하면 저절로 흥이 났다.

그곳에 서면 난 늘 행복한 꿈을 꾼다. 이쪽에는 정자를 짓고 한가로울 때면 그곳에 올라 복사꽃이 휘날리는 모습을 바라보리라.

여기쯤엔 장독대를 놓고 앵두나무 앞에는 채송화와 봉숭아를 심어야지. 그래서 내 예쁜 손주들이 놀러 오면 내가 어렸을 때 할머니가 해주시던 것처럼 봉숭아 꽃잎을 찧어 손

톱에 올려놓고 곱게 물을 들여줘야겠다.

달빛이 고요한 여름밤이면 눈이 부시도록 하얀 박꽃을 바라보며 밤새 풀벌레 소리에 취해도 좋으리라.

동이 틀 무렵이면 싸리 빗자루를 들고 동네어귀까지 비질을 하고 아무도 밟지 않은 정갈한 길을 우리 아이들이 달려오는 모습을 바라보아야지.

또 겨울은 얼마나 아름다우랴. 세상이 온통 하얀 눈꽃으로 덮일 때면 얼음장 밑으로 흐르는 물소리를 들으며 산책을 하고 코끝이 찡하도록 추운 날에는 남편이 좋아하는 콩떡을 한 시루 해서 동네 사람들과 정담을 나누리라.

새벽이면 노란 문창호지 사이로 밝아오는 아침 해를 바라보며 하루의 기도를 시작하고 주일이면 남편과 함께 성당엘 가는 기쁨을 누려야겠다.

하늘에는 하얀 새들이 줄지어 날아가고 난 저녁노을이 지는 들녘에서 장 프랑수아 밀레의 만종처럼 감사의 기도를 드린다.

이 아름다운 땅을 주심에 감사드리고 언제나 변함없이 든든한 내 남편과 믿음직한 두 아들을 주심에 감사드린다.

오늘의 힘든 하루는 어제 죽은 이가 그토록 살고 싶어 하던 내일이었다는 누군가의 말을 되새기면서 오늘도 무탈한 하루였음에 감사를 드린다.

홀로서기

．
．
．

　아무리 생각을 해도 이해할 수가 없었다. 그렇게 착하고 엄마라면 끔찍하던 녀석이 어쩜 그렇게 하루아침에 변할 수 있는지 정말 알 수가 없었다.

　아들은 참으로 효성스러웠다. 직장을 다니는 엄마가 집에서는 쉬어야 된다며 이것저것 집안일을 도와주고, 주말에도 일을 하고 들어오면 배고픈 걸 못 참는 내가 식사를 할 수 있게 미리 밥상을 차려 놓곤 했었다. 봄을 기다리는 나를 위해 나뭇가지를 꺾어다 물병에 꽂아서 개나리꽃을 피워주던 자상한 아들이었고, 가족들과 등산을 갈 때도 엄마 옆에서 손을 붙잡아 주고 무거운 것을 들어 주던 든든한 아들이었다.

아들은 밖에서도 사랑을 받았다. 만나는 사람마다 요즘 세상에 보기 드문 훌륭한 청년이라며 칭찬을 했다. 졸업식 날에도 선생님 말씀이, 학생들과 회식하면서 술을 한 잔씩 따라 줬는데 우리 아들은 아버지한테 첫 술잔을 받고 싶다면서 사양을 하더란다. 그래서 선생님들이 감동하셨다는 얘기 들으면서 그 애가 내 자식이란 게 뿌듯하고 함께 다니는 게 자랑스러웠다.

고등학교를 졸업하고 아빠가 술을 사주려고 데리고 나갔다. 시내 가장 멋진 레스토랑에서 가장 부드럽고 우아하며 최고 좋은 와인을 골라 한 잔을 따라 주었다. 그리고는 주법도 가르쳐 주며 화기애애한 시간을 보냈다. 아들 키우는 행복이 이런 것이구나 싶었다. 착하고 예의 바르고 반듯하게 잘 커준 내 아들이 고맙고 대견해서 그저 바라만 보고 있어도 행복했었다.

그런데 대학생이 되면서 아들은 갑자기 변해버렸다. 대학교를 들어가자마자 신입생 환영식이니 무슨 동아리 모임이니 하며 하루가 멀다하고 술을 마시고 들어왔다.

참으로 기가 막혔다. 몇 달 전만 해도 대학을 가기 위해 그 더운 삼복더위에도 바람 한 번을 못 쐬고, 공부를 하느라 의자에 너무 오래 앉아있어서 엉덩이에는 땀띠가 나고 햇볕 구경을 못 한 얼굴은 해쓱하여 환자 같았다. 그런 아들이 너무나 안쓰럽고 딱해서 어떤 대학을 가든 상관없으니 이 지옥살이가 빨리 끝나기만을 기다렸었다.

그렇게 힘들게 들어간 대학인데 입학 첫날부터 술에 취해 들어오니 도대체 이게 뭐 하는 짓인지 속이 상했다. 거기다가 친구를 만나도 낮에 만나서 놀면 좋으련만 왜 하필이면 한밤중에 농구를 하고 바람을 쐬인다며 돌아다니는지 이해가 안 되었다.

허구한 날 모임이고 약속은 또 왜 그리 많은지, 정작 알차게 보내야 할 대학 생활을 그렇게 낭비하는 게 참으로 안타까웠다.

직장에서 회식하는 날이었다. 식사하고 오랜만에 노래방엘 가서 실컷 놀다 보니 밤 열두 시가 넘었다. 늦은 시간이라 택시 잡기가 어렵겠다는 걱정을 하며 나왔는데 뜻밖에도 거리는 불야성을 이루고 있었다.

깜짝 놀랐다. 시계를 잘못 보았나 하고 다시 확인을 해봐도 분명 열두 시가 넘어 새벽 한 시가 다 되어가는 시간이었다.

동료 한 사람이 그냥 가긴 아쉽다고 해서 맥주집엘 들어갔다.

가게엔 앉을 자리가 없을 만큼 사람들이 붐볐다. 종업원들은 주문을 받고 음식을 나르고 젊은이들은 삼삼오오 짝을 지어 앉아서 웃고 떠들고 가게는 활기에 넘쳤다. 이렇게 늦은 시간에 이리 많은 사람들이 움직이고 있다는 게 의아했다.

거리를 한 바퀴 둘러보았다. 사람들은 대낮처럼 돌아다니고, 공원에서는 우리 아들 또래의 청년들이 농구를 하고 브레이드를 타면서 신나게 놀고 있었다. 할 말이 없었다.

그러고 보니 아들에게 늦게 돌아다니지 말라고 잔소리만 했지, 왜 그러는지는 물어보지도 않았다.

요즘 젊은이들의 문화가 저런데 세상 돌아가는 것도 모르는 보수적인 나는, 무조건 열두 시 전에는 들어와야 된다고 강요만 했으니 아들은 얼마나 갈등이 많았을까.

뭐든지 다 때가 있는데, 대학입시 준비하느라 그렇게 힘든 시간을 보냈으니, 그동안 못한 것도 해 보고 놀아도 보면서 넓은 세상으로 나아가야 하는 건데, 난 위험하다는 이유로 모든 걸 차단시키려 했구나. 날도 추운데 술 먹고 밖에서 잠이 들면 어쩌나, 친구들과 몰려다니다가 나쁜 애들과 싸움이라도 벌어지면 어쩌나, 밤늦게 차 끌고 다니다가 사고라도 나면 어쩌나 하고 노심초사한 것이었다.

금지옥엽 같은 내 자식이 잘못될까 봐, 그래서 안전하게 지켜주고 싶었던 엄마의 마음이었는데, 지금 보니 세상을 향해 홀로서기를 준비하는 아들을 이해하기에 앞서 나만의 틀을 정해놓고 그 안에 아들이 맞춰지기만을 원한 것 같다.

짐승들도 새끼를 독립시킬 때가 되면, 어미를 따라다니는 새끼들을 호되게 야단쳐서 떼어놓는데, 나는 아들을 위한다는 명분으로 홀로 서려는 자식을 지켜보지 못하고 전전긍긍하면서 지낸 것이다.

아들아, 이제 큰 날개를 펴고 땅을 박차고 날아오르렴. 그래서 넓은 세상을 향해 훨훨 날아가거라. 사랑하는 내 아들아.

석별의 정

성당에 들어서는데 눈물이 왈칵 쏟아졌다. 갑작스런 감정에 나 자신도 당황스러웠다. 내가 사는 아파트 근처에 성당이 새로 생기고 우리 구역 신자들은 그리로 가게 되었다는 말을 들을 때만 해도 가까운 데로 다니게 되어 잘 됐다 싶었는데 막상 떠나려니 내심 무척 서운했나 보다.

기도를 하려고 제대 앞에 무릎을 꿇고 있노라니 그동안의 지난 일들이 주마등처럼 스쳐 지나가며 뜨거운 눈물이 한없이 쏟아졌다.

이 성당에는 내 인생 전부가 녹아 있다. 두 아들이 촛불을 들고 첫영성체를 이곳에서 했고 우리 네 식구 나란히 앉아서 미사를 드리던 추억의 장소이다. 자식들이 커서 타지로 떠난 후에는 남편과 달랑 둘이서 아이들과 함께 불렀던 성가를 들으면서 그리움과 회한에 젖어 들기도 했었다.

아들을 군대 보내 놓고 온갖 불안과 두려움을 이곳에 와서 풀어놓고 편안한 맘으로 돌아가던 안식처였고, 누구에게도 말할 수 없는 세상살이의 온갖 풍파를 하소연하는 위로의 장소였다.

며느리 얼굴을 처음 본 것도 여기였다.

아들이 여자친구를 데리고 성당으로 왔다. 원피스를 입고 긴 머리카락을 미사포로 살포시 덮고 앉아있는 그 모습이 얼마나 청초하고 예쁘던지, 그리고 아들하고 나란히 앉아 미사를 드리는 그 모습이 어찌나 보기 좋던지 남편과 나는 연신 애들을 쳐다보며 행복했었다.

또 하나 내게 각인되어 미소 짓게 하는 영상이 있다. 내가 해설을 하는 날 영성체 시간이었다. 신자들이 성체를 영하러 나오는 줄에 네 살 된 우리 손자 한울이가 두 손을 모으고 아주 조심스럽게 걸어 나오고 있었다. 그 모습이 너무 이쁘고 대견해서 넋을 잃고 바라보고 서 있는데 강복을 받은 손자는 살포시 나에게로 오더니 나를 꼬옥 안아주고는 다시 두 손을 모으고 조용히 걸어 들어갔다. 그 미소 띤 얼굴이, 그 따스한 온기가 아직도 내 안에 남아 나를 행복하게 한다.

내 인생에 있어서 가장 잘한 것은 성당엘 다닌 것이다. 그렇지 않았다면 어려운 고비마다 부딪치는 아픔과 절망 그리고 공허함을 어찌 견뎌낼 수 있었을까?

고된 삶의 여정이었지만 무릎 꿇고 기도할 수 있는 성당이 있고 바라만 봐도 포근해지는 성모 동산이 있어서 많은 위로를 받았다. 내 모든 것을 알고 계시는 그분 앞에 머무르는 것만으로도 난 행복했고 매 순간이 은총의 시간이었다.

오늘의 이별은, 내가 이 세상에서 떠나는 그 날도, 참 잘 살았다고 흡족해하며 떠날 수 있도록, 그래서 지금처럼 회한의 눈물을 흘리지 않게 해야겠다는 소중한 깨달음을 주었다.

이제 또 하나의 쉼표를 찍는다. 새로운 성당에서의 삶이 어떻게 펼쳐질지 모르지만 모든 것을 그분께 맡기며 어느 신부님에게 들은 시 한 편을 읊조려본다.

세상에서 너의 소유한 모든 것 중/ 가장 귀중한 것은 오늘이니/ 너의 구원자 오늘은/ 어제와 내일이라는 두 도적 사이에서/ 자주 십자가에 달리운다/ 기쁨은 오직 오늘의 것/ 어제나 내일이 아닌 다만 오늘/ 너는 행복할 수 있으리니/ 우리네 슬픔의 대부분은/ 어제의 잔재이거나 내일에서 빌어 온 것일 뿐/ 너의 오늘을 고스란히 간직하라/ 너의 음식, 너의 일, 너의 여가를 향유하라/ 오늘은 너의 것이니/ 하느님께서 오늘을 네게 주셨다/ 모든 어제는 거두어 가셨고/ 모든 내일은 아직 그 분의 손 안에 있도다/ 오늘은 너의 것이니/ 거기서 기쁨을 취하여 행복을 누리고/ 거기서 고통을 취하여 사람이 되라/ 오늘은 너의 것이니/ 하루가 끝날 때/ 나 오늘을 살았고/ 오늘을 사랑했노라고 말할 수 있게 하라.

—작자 미상 〈오늘〉 전문

성체 [聖體] : 축성된 빵과 포도주의 형태에 현존하는 예수 그리스도를 나타내는 용어. 천주교회에서 미사 때 성체를 받아 모시는 행위를 영성체라 함.

보물단지

•
•
◦

앨범 정리를 하는데 사진 한 장이 뚝 떨어진다. 우리 손자 한울이가 머리에 왕관을 쓰고 손가락으로 브이 자 모양을 하고 어린이집에서 찍은 사진이다.

한울이! 우리 애기, 우리 귀한 손자! 사진 속의 한울이 얼굴을 쓰다듬어 본다. 가슴이 짠하다.

며느리가 직장 관계로 1년을 우리 집에서 함께 살았다. 아침이면 며느리는 나와 두 손자를 태우고 내 직장 근처에 있는 어린이집에 우리를 내려놓고 출근을 했다.

이른 아침이라 교사들도 미처 출근 하지 않은 어린이집은 늘 썰렁했다. 작은 손자를 재워 이불을 덮어주고 누구라도 올 때를 기다리다 보면 내 출근 시간이 촉박했다. 그럴 때면,

"한울아, 할머니도 이제 가야 되니까 동생 옆에서 장난감 갖고 놀고 있어. 조금 있으면 선생님하고 친구들이 올 거야. 알았지?"

애써 웃으며 문을 닫고 나오려면 한울이가 치맛자락을 붙잡았다.

"할머니, 이만큼만 있다 가세요. 어? 이만큼만." 하면서 열 손가락을 펴 보인다. 제 딴에는 그것이 아주 오래 있다가 가라는 의미였다.

"할머니도 우리 한울이랑 더 있고 싶은데, 학교 형들이 기다리고 있어서 얼른 가야 돼. 그러니까 조금만 혼자 놀고 있어."

떨어지기 싫어하는 아이를 간신히 떼어 놓고 나오려면

"할머니 그런데요." 하면서 또 따라 나왔다.

"퇴근하면 곧장 올게, 우리 이쁜 한울이 사랑해."

가지 말라는 소리도 차마 못 하고 주춤거리며 시간을 끄는 녀석을 보면 너무 가엾어서 속이 상했다.

그래도 작은 손자 한솔이가 자고 있으면 그나마 덜한데 자지를 않고 칭얼대는 날에는 더욱 난감했다. 우는 아기를

그냥 두고 나올 수도 없고 그렇다고 출근을 안 할 수도 없고 이러지도 저러지도 못하고 있으면,

"한솔아, 형아 여기 있어. 괜찮아, 형아 여기 있어." 하면서 세 살짜리 한울이가 그래도 형이라고 제 동생을 토닥거렸다.

"다녀올게. 동생 옆에서 잘 놀고 있어." 내가 문을 열고 나오면 한울이는 어쩔 수 없이 손을 흔들었다. 그 표정이 어찌나 안쓰럽던지 차마 발길이 떨어지질 않아서 나오다가 다시 뒤를 돌아다보고 또 돌아다보곤 하였다.

퇴근을 하고 어린이집으로 가면 한울이는 벌써 가방을 메고 입구에서 나를 기다리고 서 있었다. 작은 손자를 안고 한울이랑 개울둑을 서성이다 보면 며느리 차가 오는 게 보였다. 하루 종일 근무하고 허겁지겁 달려왔을 며느리 역시 안쓰러웠다.

아침마다 갈등이 많았다. '저 어린것들을 고생시키면서까지 내가 일을 계속하는 게 옳은가? 그렇다고 내 나이에 지금 그만두면 다시 일자리를 구하기는 어려울 테고, 며느리도 애써 전공한 걸 그만둘 수도 없고, 애들을 어느 정도 키워놓

고 일을 하면 좋으련만 그때 가서는 다시 시작하기가 쉽지 않을 테고…' 처한 현실이 참으로 안타까웠다.

쉬는 날에는 손자들을 데리고 공원엘 자주 갔었다. 아이들은 잔디밭에서 공도 차고 무대 위에 올라가서 공연을 한다며 신나게 놀고 나서는 꼭 매점에 가서 아이스크림과 라면을 먹고 싶어 했다. 나는 아이스크림을 많이 먹으면 감기 걸린다는 이유로, 라면은 몸에 해롭다는 핑계로 잘 사주지 않았다.

한울네가 이사를 가고, 공원에 산책을 갔다가 매점을 보면 손자들 생각이 났다. 그까짓 아이스크림이 몇 푼이나 한다고 그냥 사줄 걸, 사실은 라면 몇 번 먹인다고 그렇게 나쁜 것도 아니었건만 그냥 넘어간 것이 자꾸 마음에 걸렸다.

나중에 손자들이 와서 그 공원으로 놀러가게 되었다. 그래서 전에 못 사준 걸 이번에는 꼭 사주리라고 작정하고 매점엘 갔는데 문이 닫혀 있었다. 그리고 또 그다음에 가보니 찻집으로 바뀌어서 너무 아쉬웠다.

친정어머니가 지금도 하시는 말씀이 있다. 어머니가 우리 집엘 오셨다가 손자를 업고 장 구경을 가시는데 아기가 사탕을 사달라고 손으로 가리키더란다. 그래서 "사탕은 올 때 사줄게." 하고는 그냥 지나쳐 갔다가 우리 집에 필요한 냄비를 먼저 사느라고 사탕을 못 사주셨단다. 친정어머니는 지금까지도 어린 손자가 먹고 싶어 하는 사탕을 못 사준 게 두고두고 마음에 걸린다고 하셨다.

나도 그렇다. 그때 먹고 싶어 하던 아이스크림을 못 사준 게 너무 미안하고 마음에 걸린다.

한번은 내가 집안일을 하는데 혼자서 텔레비전을 보고 있던 한울이가 밖에 나가서 놀겠다며 문을 열어 달라고 했다. 난 집을 치우고 같이 나가자며 서둘러 일을 하다 보니 한울이는 가방을 메고 신발까지 신고는 기다리다 지쳐서 졸고 있었다. 아이를 안아다 눕히면서 얼마나 마음이 아프던지….

함께 사는 동안 사과나무 길을 같이 걷고, 개구리 소리도 같이 들으며 나와 친구가 되어준 우리 한울이, 제 형 옆에서 노래를 따라부르며 옹알거리다가는 끝부분만 요~하면서 우리를 즐겁게 해주던 귀여운 우리 한솔이, 내 최고의 보물단지!

제 아빠가 오는 주말이면 제 딴엔 제일 멋지다고 생각되는 옷을 찾아 입고는 역전으로 달려가던 모습이, 그리고 제 아빠 목을 끌어안고 좋아서 어쩔 줄 모르던 모습이 지금도 생생하다.

한울네가 이사를 가고 처음 애들 집에 갔을 때, 우리 한울이가 쫓아 나오면서 하는 첫마디가,

"할머니 허리는 다 나으셨어요? 이제 괜찮으세요?"라면서 그 작은 손으로 허리를 주물러 주는데 얼마나 고맙고 대견하던지 아픈 게 다 사라지는 것 같고 핏줄이란 게 이런 거구나 싶었다.

내 모든 것을 다 주어도 아깝지 않을 사랑하는 우리 손자 한울이와 한솔이, 내 생애 최고의 선물이며 기쁨이다. 세상 어떤 것과도 바꿀 수 없는 나의 가장 귀한 보물단지다.

초록
세상

바닷물이 서서히 빠져나가고
나는 바다 한가운데에 섰다.
빗소리와 바람 소리와 파도 소리를 들으며
하나의 피조물이 되어 대자연 속에 잠겼다.
그리고 그 품에 안겼다.
아, 그 편안함, 그 아늑함, 그 포근함.
만물이 본질적으로 고향을 그리워하듯
태초에 인간이 생겨난 대자연 속으로 스며든다는 건
그렇듯 황홀한 것인가보다.
―본문 중에서

폐교

．
．
．

올해도 관내 두 학교가 폐교된다는 소식이다.

남편은 그 날 매우 바빴다. 친구들과 전화통화를 하고 천막과 카메라 등을 챙겨서 차에 싣고는 부리나케 학교로 향했다. 남편의 초등학교 동창들과 체육대회를 하는 날이었다. 아니, 엄격히 말하면 유년 시절의 추억이 서린 폐교하는 모교와 이별하기 위한 모임이다.

다행스럽게 나는 동창회장의 부인이라는 자격으로, 또 주최자를 도와야 한다는 명목으로 그 옛날 내 마음의 궁전을 돌아볼 수 있었다.

본래 그 학교는 내가 다닌 초등학교에서 갈려 나간 분교였다. 우리 학교와 남편의 마을 사이에는 개울이 있었는데 큰비만 오면 개울물이 넘쳐서 학생들은 결석하기가 다반사였다. 그래서 세워진 분교가 오늘 폐교하는 학교이다.

철없던 어린아이들이 머리 희끗희끗한 중년이 되어 초등학교에 모였다. 그 옛날 뛰어놀던 운동장에서 그네에도 매달리고 시소도 타고 이제는 너무 낮아 매달릴 수조차 없는 철봉을 쓰다듬는다.

교실, 하얀 커튼이 드리워지고 노란 햇살 아래 나팔꽃이 줄을 타고 올라가던 그 창가와 서로 금을 긋고 자리싸움을 했다던 책상과 걸상이 앙증맞게 놓여 있는 교실을 돌아보며 그들은 옛날을 회상했다. 그리고 유년 시절에 그랬듯이 운동장에서 뜀박질하고 공을 차고 웃고 떠들었다. 그리고는 마지막으로 학교를 배경으로 기념사진을 찍었다. 모두 다 아쉬운 표정으로.

그들이 내뿜는 담배 연기 속엔 쓸쓸함이 몽글몽글 배어나왔다. 덩달아서 나까지도 마음이 울적했다.

내 젊은 날, 이 학교는 나의 안식처이기도 했었다.

초등학교 교사가 꿈이었던 나는, 그러나 그 꿈을 이룰 수 없었던 나는, 마음이 심란할 때면 조카를 보러 간다는 이유로, 그곳이 내 근무지라도 되는 양 자주 이곳을 찾곤 했다. 둑방을 끼고 한참을 걷다 보면 숨바꼭질하듯 학교가 나타났다.

그곳은 참으로 아름다웠다. 뒷산에는 찔레꽃이 가득해서 봄이면 찔레꽃 향기가 온 동네를 감싸며 휘돌았고 여름이면 빨간 패랭이꽃과 노란 붓꽃이 어울려 학교를 가득 채웠다. 가을에는 코스모스가 얼마나 흐드러지게 피었던지 그 꽃 속에서 열리는 가을 운동회는 특별했었다.

시골 학교의 운동회는 학생만을 위한 것이 아닌, 온 동네의 축제였다. 운동회 날이면 마을 사람들은 나 너 할 것 없이 학교에서 울려 퍼지는 노랫소리에 들떠 경운기를 타고는 학교로 모여들었다. 만국기가 펄럭이는 운동장엔 흰색 파란색 머리띠를 동여맨 학생들이, 어른들과 하나가 되어 춤을 추고 손을 붙잡고 뜀박질을 하는 모습이 볼만했었다. 나무 밑 천막에서는 닭개장 끓는 냄새가 구수하고, 그야말로 동네 잔칫날이었다.

하얀 눈이 소복한 운동장, 아름드리 포플러나무에 이는

바람 소리, 그리고 순박한 아이들의 웃음소리, 그곳은 정말 꿈에서도 그리던 내 이상형의 학교였다.

나는 그 모습에 취해 늘 그곳을 서성거리곤 했었다.

그랬던 학교가 농촌을 떠나는 사람들이 늘어나면서 학생들이 하나둘 줄어들더니 급기야 이번을 마지막으로 폐교가 된다는 것이다.

남편은 이 학교 졸업생이다. 그리고 조카들이 차례로 이곳을 나왔고, 지금은 작은 조카가 이 학교의 마지막 학생회장이다. 그 애는 분명 제 학교가 없어진다는 사실을 알면서도 말이 없었다.

어른들이 폐교는 안 된다고 들고 일어설 때도, 어느 돈 많은 사람이 그 학교를 샀다는 소문이 돌 때도, 아이는 아무것도 모르는 척, 아무것도 못 들은 척 묵묵히 제 할 일만 했다.

마지막 졸업식이 끝나고 사람들이 아쉬움에 서성거리다 돌아가자, 출입 금지라는 팻말과 함께 큰 쇠사슬로 교문이 묶여 버렸다.

다음 날, 이곳을 지나칠 때 나는 보았다. 교실 유리창에 크게 쓰여있는 글자를, 하얀 페인트로 아주 크게 써 놓은

'안~녕'이란 글자를. 그것은 어른들의 이기심에 치어 말 한 마디 못하던 어리고 힘없는 작은 영혼들의 소리 없는 외침이었고, 사라지는 모교에 바치는 마지막 사랑의 헌사였을 것이다.

　남편이 내뿜는 담배 연기 사이로 우리의 추억은 그렇게 묻히고 있었다.

나쁜 엄마

●
●
●

"10년 후에 나는?"

"힘이 세져서 엄마를 두들겨 팰 거다."

"그 이유는?"

"엄마가 화만 나면 나를 두들겨 팼으니까."

"우리 엄마는?"

"나쁜 엄마."

"그 이유는?"

"나와 동생을 버리고 갔으니까."

아이들과 문장 이어쓰기로 상담을 하다 보면 가슴이 철렁할 때가 많다. 그 아이들 입에서 나오는 몇 마디 말에 그들의 사는 모습이 짐작되어서 내가 어른이라는 이유만으로도 미안할 때가 참 많다.

낳아놓기만 하면 인형처럼 방긋방긋 웃고 재롱이나 떠는 줄 알았는데 울고 떼쓰는 애들이 귀찮아서일까? 그래서 자식한테 화풀이를 하고 힘들면 버리고, 죽이기까지 하는 것일까.

요즘 들어 어린 자식이 말을 안 듣는다는 이유로 자식을 감금했느니, 살해했다느니 참으로 입에 담기조차 끔찍한 사건들이 연일 보도되고 있다. 그래서 애들하고 같이 텔레비전 보기가 겁난다.

친정에는 닭이 여러 마리 있다. 붉은빛에 꼬리가 검푸른 늠름하고 잘생긴 수탉 한 마리와 주황빛이 감도는 암탉, 그리고 병아리도 여러 마리 있다.

이른 봄 어머니는 나무상자에 짚을 깔고 암탉이 낳은 달걀을 모아 두었다가 알을 품게 했다. 암탉은 비좁은 상자 안에서 알을 품느라 나오지도 않고 먹지도 않아서 털조차 까칠해졌다. 아무리 짐승이지만 보기에도 딱하고 불쌍해서 물이라도 먹게 하려고 억지로 날갯죽지를 잡아 마당으로 내놓으니 녀석은 털을 곤두세운 채 발톱으로 나를 할퀴고는 쏜살같이 다시 제 집으로 들어갔다. 그 모습에 신기함을 넘어 경외감까지 들었다. 암탉은 스무하루 동안 온 정성을 기울여 달걀에 생명을 불어넣었고 한 마리의 실패도 없이 병아리로 부화시켰다.

어미 닭은 병아리를 데리고 다니며 커다란 먹이는 부리로 쪼아 잘게 부수어 주고, 지렁이를 잡아 물고 와서는 새끼에게 건네주기도 하며 온종일을 바쁘게 돌아다녔다. 게다가 지나가는 개나 고양이의 수상한 움직임이라도 있으면 구구거리며 새끼들을 불러 날개 속에 집어넣고는 눈을 부릅뜬 채 경계를 했다.

어미 닭이 병아리를 데리고 노는 걸 보면 모성애가 뛰어나다. 그러나 무조건 퍼붓는 사랑이 아니고 생존하는 방법을 가르치고 새끼들은 그런 어미를 의지하며 따라다닌다.

어느 날 밤, 수상한 소리에 나가보니 닭장 안은 이미 한차례 전쟁이 치러진 듯 난장판이었다. 개는 병아리를 잡으려고 노리고 서 있고 병아리들은 겁에 질려 구석에 모여 있는데 어미닭은 털이 한 줌 뽑힌 채 개와 맞서고 있었다.

어머니가 몽둥이를 들고 소리를 지르자 개는 흘끔거리며 마지못해 닭장을 빠져나갔고, 어미 닭은 눈을 부릅뜨고 털을 고추 세운 채 버티고 있다가 병아리들이 삐삐거리며 몰려들자 털이 뽑힌 날갯죽지를 벌려 병아리들을 품었다. 그 모성애가 어찌나 처절하던지 그저 넋을 잃고 바라만 보고서 있었다.

어머니가 닭장 문단속을 하며 혀를 찼다.

"세상에, 영물이여! 제 새끼 지키느라 털이 다 빠지도록 싸우는 거 봐. 아이구 못 잡어 먹겄어. 이번 제사 때 잡어서 쓰려고 했는데 그냥 키워야지 못 잡어 먹겄어."

닭 잡는 걸 아무렇지도 않게 여기던 어머니는 고개를 휘휘 저으면 손사래를 쳤다.

세상의 모든 어머니는 자식을 돌보기 위해 신이 보낸 존재란다. 삼라만상, 생태계가 그렇게 유지되는 것 같다. 하늘을 나는 새 한 마리도, 물속에 사는 작은 물고기도, 그리고 땅을 기어 다니는 하찮아 보이는 벌레 한 마리조차도 크든 작든 제 새끼를 위해서는 온갖 희생을 감내하며 보살펴주고, 독립할 시기가 되면 스스로 세상을 살아나갈 수 있게 길을 열어주지 않던가.

학교에서 상담을 하다보면 다양한 부모들을 만나게 된다.

자식은 내 행복을 빼앗아가는 귀찮은 존재로 여기는 이기적인 부모도 있다. 혼자서 왕자 공주처럼 귀하게만 자랐는데 막상 결혼을 해서 아이를 키워보니 힘이 드니까 자식을 화풀이의 대상으로 삼는 것인지도 모른다.

또 자식을 소유물로 여기는 부모도 많다. 가끔 생활고에 시달리는 부모가 자식에게 독극물을 먹여 죽게 한 뒤 자신도 자살했다는 보도를 접할 때가 있다. 살기 힘든 세상에 아이만 두고 죽으면 그들이 살아가면서 받을 고통을 생각해서 부모가 데리고 갔을 것이다. 얼마나 힘들었으면 그런 극단적인 일을 저질렀을까 싶어 안타깝기도 하지만 그 또한 자식을 하나의 인격체가 아닌 자신의 소유물로 여겼기 때문일 것이다.

부모 중에는 자식을 통해 대리만족을 하려는 사람도 많다. 그래서 사랑한다는 이유로 친구조차도 부모가 마음에 드는 아이로 정해준다. 그러다가 제 주장을 하면 반항한다면서 화를 낸다.

시골에는 부모가 이혼을 해서 조부모에게 보내지는 아이들이 많다. 어른 입장에서야 그럴 수밖에 없는 이유가 있겠지만, 많은 아이가 가슴앓이를 하고 때로는 세상을 증오하며 살아가고 있다.

"갑자기 전학을 왔어요. 친구한테 간다는 인사도 못했는데."

"내 일인데, 나한테는 물어보지도 않고, 왜 자기들 맘대로 해요?"

아이들의 호소를 들으며, 부모의 역할에 관해 많은 생각을 하게 된다.

언제부턴가 어미 닭은 새끼들을 밀어내기 시작했다.

병아리가 뒤를 따라 다니면 주둥이로 마구 쪼아서 쫓아보내고 먹을 때도 제 옆에는 얼씬도 못하게 새끼들을 구박해서 괘씸하기조차 했다. 그런데 구석으로만 내몰리던 새끼들이 어느 날부터 저희끼리 먹이를 찾아다녔다. 개나 고양이가 오면 스스로 도망을 치며 어미 닭의 보호에서 벗어나 세상에 적응하며 살고 있었다.

수갑을 차고 자식을 죽여서 묻는 장면을 거리낌 없이 재연하는 비정한 어미를 보며 병아리를 데리고 다니던 어머니네 암탉을 생각했다.

　지금도 친정엘 가면 새벽닭 우는소리를 듣는다. 잠결에 듣는 새벽닭 우는 소리가 나는 참 좋다.

어느 명절에

.
.
.

"우라질 년들! 배때기가 고퍼봐야지! 안 처먹을 거면 남이라도 주지, 이 많은 음식을 쓰레기통에 다 처박아 버려? 시집 식구가 미우니까 거기서 주는 음식까지도 싫다 이거지, 어이구 이런 망할 년들!"

가방을 들어 유모차에 싣던 노인은 구부러진 허리를 쪼그리고는 뭔가 봉지를 또 뜯는다.

명절이 지나고 나면 시댁에서 싸준 음식 보따리를 뜯지도 않고 통째로 휴게소에 버리고 가기 때문에 고속도로 휴게소마다 버려지는 음식들로 넘쳐난다고 하더니만 아파트 쓰레기장에도 누가 음식을 버렸나보다. 떡, 김치, 깐 마늘, 하다 못해 고춧가루, 기름까지 뜯지도 않은 것들이 구석에 쌓여 있다.

노인의 말처럼 안 먹을 거면 받아 오지나 말든지 아니면 이웃에라도 먹게 줄 것이지 음식을 저렇게 통째로 버리다니 콩 한 톨, 마늘 한 쪽이 거저 생긴 게 아닌데.

늙은 부모는 힘들게 돈을 버는 자식들에게 농사라도 지어 쌀 한 톨이라도 보태주고 싶어서 일 년 내내 흙먼지를 뒤집어쓰고 땀을 흘렸을 것이고, 가난한 살림에 자식한테 기름진 음식 한 번 배불리 못 먹인 게 한이 돼서 큰맘 먹고 음식을 장만했을 것이다.

명절 때 자식들이 오면 주려고 깨를 일어 말리고 꼬부라진 허리로 그걸 이고 장터까지 기름을 짜러 갔을 것이다. 그리고는 당신 것은 남겨놓지도 않고 신문지에 싸고 또 싸서 넣었을 것이고, 좋은 쌀로 뽑은 떡국을 먹이고 싶어서 손이 부르트도록 밤새 떡을 썰었을 것이다. 그런데 먹을 거 다 먹고 쓸 거 다 쓰고 사는 며느리는 궁상을 떠는 시어머니가 주는 값어치도 없는 음식을 집에 들이기조차 싫어서, 귀신이라도 붙은 양 얼른 쓰레기장에 던져버리고는 손을 톡톡 털고 들어갔을 것이다.

며느리를 얻고 처음으로 아들네 집엘 가던 날, 난 새벽부터 가슴이 설렜다. 잘 익은 김치와 고춧가루도 가장 달고 고운 것으로 담고, 마늘도 흙 떨어지지 않게 뿌리를 잘라서 양파 자루에 넣었다. 그리고 결 고운 무와 노란 고갱이가 있는 배추도 한 통 싸고 예쁘게 생긴 사과도 골라 담았다. 그렇게 가장 실하고 가장 맛있고 잘생긴 것으로 고르고 골라서 허리가 휘청하도록 무거운 보따리를 들고 내려오면서도, 꾸물댄다며 눈치를 주는 남편의 말에도 아랑곳하지 않고, 그저 자식한테 갖다줄 수 있다는 자체가 행복했다.

문득 오래전에 돌아가신 시어머님 생각이 났다.

시댁에서 우리 집엘 오려면 십여 리를 걸어 나와서 세 번의 버스를 갈아타고도 또 오릿길을 걸어야만 했다. 어머니는 봄이면 미나리며 냉이를 캐서 가지고 오셨고 여름엔 수박 참외를 따서, 가을에는 무, 배추를 몇 보따리씩 이고 오셨다.

그때는 노인네도 참 주책이란 생각을 했다. 나가면 뭐든지 살 수 있는 가게가 있고 또 야채 장수가 수시로 들락거리는데 뭐하러 그 무거운 것을 이고 궁상을 떠는지, 차라리 그

차비로 내가 필요한 것을 사 먹는 게 더 좋을 것 같고, 귀찮기도 하고 주변 사람들 보기에 창피하기도 했었다.

그런데 이제 보니 그게 아니었다.

'그렇구나. 우리 시어머님이 이런 마음으로 짐을 챙기고 우리 집엘 오셨구나. 그 먼 길에 무거운 보따리를 이고 얼마나 힘이 드셨을까. 그리고 별로 달가워하지도 않는 모습에 얼마나 서운하셨을까.'

가슴이 짠하니 어머님이 그립다. 며느리를 보기 전에는 헤아리지 못했던 그 마음을 이제서야 새록새록 깨닫는다.

시어머니가 되고 보니 아들네에 뭐든지 주고 싶다. 맛있는 게 있으면 먹이고 싶고 좋은 곳이 있으면 데려가고 싶다. 요즘 젊은이들은 더 잘 쓰고 더 잘 먹고 사는데 그럴 필요가 없다는 걸 알면서도, 그런데도 자꾸만 주고 싶다.

사람은 왜 모든 것을 지나간 다음에야 깨닫는 것일까. 살아 계실 때는 이유 없이 어렵고 마주 대하기조차 불편했는데 돌아가시고 아무것도 해 드릴 수 없는 지금에서야 이렇게 간절해지는 것일까.

그 보따리는 자식들이 잘 살기만을 바라는 간절함이 가득 담긴 어머니의 사랑, 세상 어떤 것과도 바꿀 수 없는 자식들을 향한 염원 그 자체였음을 이제서야 깨닫는다.

노인은 음식을 유모차에 실으면서 계속 욕을 해댄다.
"소중한 것도 모르는 년들, 고마운 것도 모르는 인간들, 참으로 지랄 같은 세상이여."

내 자가용

:

내 자가용은 오토바이다. 그 전에는 자전거를 타고 다녔는데, 어느 날 길가에 잠깐 세워두었다가 도둑을 맞았다. 아까운 것보다는 서운한 마음이 앞섰다.

마음이 심란할 때면 그 자전거를 타고 끝없이 달리곤 했었다. 한참 달리다 보면 새로운 내가 보였고 새로운 세상이 보였다.

자전거가 있던 자리가 휑했다. 차라리 누군가가 잘 타고 다니면 좋으련만, 길가 후미진 곳에 버려져 먼지를 뒤집어쓴 채 녹이 슬고 있지나 않은지, 어린 것을 외진 곳에 혼자 두고 온 것처럼 마음이 아렸다.

가족들은 이번 기회에 승용차를 구입하라고 했다. 소형차는 세금도 적게 나오고 오토바이보다 훨씬 안전하다며 새 차가 부담스러우면 중고차라도 사라고 했다.

장롱 속 면허증을 꺼내 들여다본다. 역마살이 끼었는지 가슴에서 불덩어리 같은 게 콱콱 치밀어 오를 때면 나는 거리를 쏘다녀야만 했다. 그런데 내 차가 있으면 남편이 같이 안 가준다고 투덜거릴 필요도 없고, 어디든 가고 싶을 때면 훌쩍 떠날 수도 있으니 차를 사서 맘껏 여행을 하고도 싶었다.

여러 날을 두고 고민해봐도 차를 산다는 건 낭비라는 생각이 들었다. 그래서 결국 중고 오토바이를 샀다.

처음 오토바이를 사 오던 날, 나는 설레는 마음으로 비눗물을 풀어 바퀴까지 깨끗이 닦고 여기저기 난 흠집을 메우고 광을 냈다. 그리고는 조마조마한 마음으로 시동을 걸고 동네를 한 바퀴 돌면서 신명이 났다.

내 것이었다. 비록 색이 바래고 덜덜거리는 중고 오토바이였지만 그런 건 아무래도 상관없었다. 우리의 것이 아닌 순수한 내 것이었다.

큰아이는 유난히 제 것에 집착을 했다. 밖에서는 그렇게 친구들과 잘 어울려 놀다가도 집에만 들어오면 제 것은 아무것도 만지지 못하게 했다. 제가 장난감을 갖고 놀 때 친구가 제 책을 보면 얼른 빼앗아 책을 읽었고, 자동차를 붕붕거리며 놀다가도 다른 아이가 제 총을 만지작거리면 또 그걸 얼른 빼앗아 가지고 놀았다. 하다못해 제가 주워다 놓은 막대기 하나, 돌멩이 하나도 만지질 못하게 했다. 이유는 제 것이라는 것이었다. 우리 집에 놀러 온 아들 친구는 그저 제가 노는 것을 구경만 해야 했고 같이 할 수 있는 것은 오직 만화를 본다든가 카세트 테이프를 함께 듣는 것 정도였다.

문득 아이의 그 마음이 느껴져서 피식 웃음이 나왔다.

아침이면 제일 먼저 창문을 열고 내 자가용이 잘 있는지를 확인했다. 그리고는 콧노래를 부르며 일을 했다.

잠깐이라도 외출을 하고 돌아오면 텅 빈 공간에 내 오토바이 혼자 서 있는 것이 쓸쓸해 보여서 한 번씩 쓰다듬어 주고 먼지를 닦아주었다. 남편이 처음 차를 샀을 때처럼.

오늘도 나는 내 자가용을 타고 세상을 달린다. 산을 보고 하늘을 보고 그 아래 숨 쉬고 있는 사람들을 본다. 바람 부는 시장 골목에서 추위에 오돌오돌 떨며 나물을 파는 할머니의 갈퀴손을 보고 그 옆에서 꾸벅꾸벅 졸고 있는 아이를 본다. 고무판을 밀고 다니며 잡화를 파는 상반신만 있는 남자를 보고, 증권으로 거액을 챙긴 기름진 웃음을 본다.

'부릉부릉 붕―.'

내 오토바이는 십 년 넘은 중고답게 탱크 굴러가는 소리도 곧잘 낸다. 파고들던 자동차가 멈칫하더니만 다시 길을 비켜준다.

나는 내 자가용을 타고 또 다른 세상을 만나기 위해 액셀레이터를 힘차게 끌어당긴다.

모정

.
.
.

그녀의 과수원 입구에는 하얀색 진돗개가 한 마리 산다.

이웃집에서 키우던 개인데 과수원이나 지키라고 얻어왔단다.

그 개는 언제나 목줄을 하고 버려진 욕조에 구멍을 뚫어 엎어 놓은 개집에서 하루 한 끼의 밥을 먹으며 산다.

인정이 많기로 소문 난 그녀는 이상하리만치 개는 싫어했다. 그녀는 개밥을 따로 주지 않는다. 설거지를 하고 난 밥 찌꺼기에서 물은 따라버리고 개밥 그릇에 부어주는 게 전부다.

동짓달에도 끄떡없던 항아리가 얼어 터진다는 꽃샘추위가 기승을 부리는 아침, 그 이름도 없는 하얀 개는 새끼를 낳았다. 갓 태어난 강아지는 언 땅바닥에서 꼬물거렸다.

　여느 집 같으면 담요라도 깔아주고 따뜻하게 먹을 거라도 주련만, 개는 어미가 알아서 새끼를 키우는 거라며 그녀는 전혀 신경도 쓰질 않았다.

　어미는 오줌이 잔뜩 묻어 꽁꽁 언 채 바닥에 달라붙어 있는 담요 조각을 안간힘을 다해 입으로 잡아 뜯었다. 아마도 그걸 새끼에게 깔아주려는 모양이었다. 그러나 아무리 잡아 뜯어도 떨어지지 않으니 어미는 그냥 땅바닥에 주저앉더니 새끼를 입으로 물어 제 사타구니에 얹어놓고는 다시 다리로 감싸 안는다.

　아무리 짐승이지만 새끼를 낳고도 따뜻한 국물 하나를 못 먹고 찬 땅바닥에 웅크리고 있는 게 너무 불쌍했다.

　"강아지 한 마리가 아무래도 이상해요. 추워서 그러는 것 같은데 뭐 좀 덮어줘야겠어요. 어떤 걸 가져갈까요?"

　그러자 그녀는 손사래를 친다.

　"어유, 흙이 뜨셔서 괜찮어. 그리고 그 터가 원래 나쁜가 벼. 지난번에도 그렇게 많이 낳아가지구는 한 마리밖에 못 키웠어."

그녀는 개 따위는 관심도 없나 보다.

'터가 나빠서 죽은 게 아니라 추워서 얼어 죽었겠지. 굶어 죽었던지. 이렇게 추운데 그 언 땅바닥에 새끼를 놔두는데 안 죽고 사는 게 더 이상하지. 그럴 거면 개를 키우지나 말든지, 진짜 웃기고 있네.'

공연히 심술이 난다. 그래서 몰래 그녀의 부엌으로 가서 따뜻한 국에 밥을 한 그릇 말아서 밖으로 나왔다.

엊저녁에 설거지하고 부어 준 밥풀이 말간 물속에 그대로 얼어 붙어있다.

"이리 와, 이거 먹어." 밥을 앞에 놔주자 고기 냄새가 나는지 눈을 번쩍 뜬다. 그래서 더 가까이 밀어주니 흰둥이는 얼른 일어섰다. 그 바람에 어미 품에서 새끼들이 떨어지며 앵앵거린다.

흰둥이는 다시 제자리로 돌아가서 다시 맨바닥에 앉더니 새끼를 물어 제 배 위에 올려놓고는 눈을 감는다.

"어여 먹어, 이걸 먹어야 새끼 젖도 주지. 얼른 먹어."

아무리 밥그릇을 대 줘도 녀석은 끄떡도 하지 않는다. 짐승이 어쩜 저렇게 제 새끼를 위하는지….

얼마 전 사무실에 버려진 아이가 왔다. 예닐곱 살쯤 되어 보이는 그 아이는 쌀쌀한 날씨에도 짧은 옷에 슬리퍼를 신고 있었다.

이름만 알 뿐 주소도 부모 이름도 모르고 다만 아빠하고 트럭에다 사과를 팔러 다녔는데 아빠가 잠깐만 여기 있으라고 하고는 오질 않았다고 했다.

경찰에 신고를 하니 조사를 하고 나서 일단 아동보호시설로 보내겠다고 한다.

아이는 그런 사실을 아는지 모르는지 사무실을 돌아다니며 이것저것을 신기한 듯 만지며 장난을 쳤다. 오죽 살기가 힘들었으면 저 어린 자식을 버렸을까마는, 그래도 누군지도 모르는 아이의 부모가 참으로 원망스럽다.

쌀쌀한 날씨에 보호시설로 들어가는 아이가 너무 딱해서, 아들이 입던 잠바를 입히고 운동화와 여벌 옷을 몇 벌 넣어 가방을 챙기고 초코파이도 손에 들려주었다. 아이는 큼직한 옷을 갈아입으면서도 눈은 초코파이에만 가 있다.

"이거 내가 먹어? 와 맛있겠다."

천진스런 그 표정에 눈물을 훔치며 봉지를 뜯어주니 순식

간에 먹어 치웠다.

차가 와서 빵빵거렸다. 아이를 데리러 온 모양이었다.

"아가, 나하고 약속하자. 탈 없이 잘 자라겠다고."

"응, 근데 이거 나 또 먹어도 돼?"라며 그 아인 남은 하나를 뜯어서 입에 넣으며 차에 올랐다.

"잘 커야 한다, 알았지?"

아이는 고개를 끄덕이면서도 입에 문 초코파이를 연신 핥아먹으며 그렇게 떠났다.

"야 임마, 빨리 이거 먹어. 그래야 새끼도 잘 키우지."

김이 나던 밥은 다 식어버리고 흰둥이는 눈을 껌뻑거리며 먼 산만 바라보고 있다.

"에이, 등신 같은 놈!"

어이없게도 자꾸만 눈물이 나온다.

"개 팔자가 상팔자라는데, 너는 어쩌다 이렇게 됐냐!"

나는 차에서 잠바를 꺼내 개집에 밀어 넣어주었다.

빤히 쳐다보는 흰둥이의 눈동자 속에 빵을 핥아먹던 아이의 얼굴이 어린다.

여 씨 이야기

.
.
.

"아이구 드러워, 아이구 드러워."

여 씨는 오늘도 궁시렁거리며 들어왔다.

언제나 그렇듯 잠시도 입을 다물고 있지 않는, 그래서 뭔가를 계속 지껄이는 그녀, 나도 처음에는 진지하게 얘기도 들어주고 말대꾸도 해 주곤 했었다. 그런데 나중에 가만히 보니 특별한 이야기도 아닌 그저 오다가다 만난 사람의 흉을 보거나 갑자기 생각난 얘기를 교실이 떠나갈 듯 해대는 것이라 이젠 아예 '또 시작이구나.' 하며 흘려버리곤 했다.

그녀는 자리에 앉아서도 아직 분이 풀리지 않은 듯 떠들고 있었다.

"글쎄 105동 할머니 말이여. 저쪽 요양원에서 데려갔어.

못 봤지? 아유, 그 여우 같은 메느리년이 내가 그럴 줄 알았다니까. 아니 그래도 명색이 자식인데 우쩜 그럴 수가 있어. 요양원 봉고차가 와서 노인네를 데리구 가는데두 내다두 안 봐유. 분명히 집구석에 끼질러 앉아 있을 텐데두. 세상에, 내 집에서 키우던 개새끼를 팔어먹어두 내다는 볼 거다. 아무리 노인네가 몇 푼 있는 돈을 작은아들 줬다 한들, 그래서 즈덜이 서운하더라도 그럴 수는 없는 거지. 그래 그 잘난 노령연금 애끼구 찌루구해서 마둔 걸 가지고. 노인네 맘에는 작은아들이 못 사니까 애덜 등록금에 보태라고 준 걸 가지고, 그렇게 샘을 부리고 지랄이여. 하긴 핑계가 좋지 뭐, 은근 슬쩍 즈 어멀 집에 들어와서는 집이구 땅이구 다 차지했으니 이젠 내쫓을 궁리만 했겠지. 천하에 싸가지 읎는 인간들. 아무리 노인네가 귀찮어도 그렇지, 죽어도 내 집 내 방에서 죽는 게 늙은이들 소원인데 그렇게 매몰차게 요양원으로 쫓어 보내? 즈더런 안 늙을 줄 알지? 그래 늙어서 똑같이 당해봐라. 오라질 것덜."

여 씨 할머니는 코를 팽 풀어 구석으로 휙 버렸다.

"지난번에는 그 할멀가 무릎이 그렇게 아프다구 하니까

아들 새끼가 허는 말이, 살이 쩌서 그러니까 밥 좀 작작 먹으라구 야단을 치더래여. 아니 노인네가 그 잘난 밥 한 그릇도 안 먹으면 기운이 없어서 어떻게 살라구, 진짜 드러워서.”

얘기가 길어져서 수업도 못하고 기다리고 있는데 여 씨는 계속 말을 했다.

“아이구, 그래도 그놈의 핏줄이 뭔지. 개처럼 끌려가면서도 그 손자새끼한테, 추운데 옷 뜨시게 입어라, 제때에 밥 잘 먹어라 하며 성화를 대더라구. 손자놈은 즈 에미 닮어서 즈 할멀가 가는데도 뻣뻣하게 구경만 하고 서 있는데도. 아이구 그 놈의 새끼가 뭔지, 아구 열 받어. 어이구 속 터져, 나 물 좀 먹고 공부해야것네. 예수님 찬양. 예수님 찬양.”

물을 먹느라 잠시 조용하던 여 씨는 또 궁시렁거렸다.

“아니 그 아들 새끼도 똑 같어. 지 에미가 식당에 다니면서 을매나 고생했는데, 그 펄펄 끓는 순댓국을 머리에 이고 배달을 다니면서 허리가 꼬부라지도록 즈덜 키웠는데. 그것뿐이여, 애새끼덜 키우기 힘들다고 해서 손자 새끼덜 데려다 다 키워줬지, 꼬박꼬박 반찬해서 날렀지, 아이구 식모도 그런 식모가 없어유. 그런데 그렇게 악착같이 부려처먹고 이제 쓸모없어지니까 노인네한테서 냄새가 나느니, 잔소리를 해대서 못 살겠느니 하면서 누이네로 보냈다가 동생네로 보냈다가 떠돌어 다니게 하더니만. 흥, 돈에만 환장덜이지. 천벌을 받어 뒈질 년 놈들. 하긴, 지 아들새끼가 빤히 쳐다보고 있었으니 나중에 즈덜도 똑같이 당하것지. 으이구 우리 예수님이 그것들을 그냥 콱 쥐여버리면 속이 다 션하겠구먼. 아구 속 터져, 아이구 속 터져. 예수님 찬양 예수님 찬양."

여 씨는 가슴을 치며 한바탕 쏟아붓더니 노래를 부르며 칠판의 글씨를 따라 쓴다.

처음 복지관으로 어르신들에게 한글을 가르치는 자원봉사를 하러 갔을 때였다.

사람들은 모두 나를 선생님이라 부르는데 여 씨만은 나를 '여봐'라고 불렀다.

"여봐, 이거 무슨 글자여?" "여봐, 은행에서 돈 찾을 때 어떻게 허는 거여?"

늘 이런 식이었다.

여 씨는 수업 시간에도 자주 큰 목소리로 떠들며 돌아다녀서 처음엔 대하기가 쉽지 않았다. 그런데 자꾸 만나다 보니 정도 많고 뒷끝이 없는 할머니였다. 비록 혼자서 어렵게 살고 있지만 수시로 고구마도 쪄 와서 나눠 먹고 누가 아프면 찾아가 말벗도 해 주고 인정이 많아서 한글을 배우는 어르신들과도 다 잘 지냈다.

여 씨에게 신앙은 세상의 전부였다. 그는 허름하고 좁은 집에서 혼자 살면서 오직 교회 가는 것과 복지관에 한글 배우러 오는 것이 전부라고 할 만큼 목사님과 예수님을 의지하며 산다.

좀처럼 결석을 안 하는 여 씨가 일주일 내내 오지도 않고 연락도 안 되었다. 교회 목사님한테 전화를 하고 어렵게 수소문을 해서 겨우 그가 머문다는 요양시설을 찾아갔다. 요양원 원장은 우리를 보더니 하소연을 했다. 아들이 여 씨를 데려다 놓고는 사라졌는데 연락이 안 돼서 어떻게 해야 할지 막막하다는 것이다. 그런데다 여 씨는 아들이 병원에 가자고 해서 따라온 거라면서 자신이 속은 걸 알고는 고래고래 소리를 지르고 물건을 집어 던지며 난리를 쳤단다. 그리고 이젠 힘이 빠졌는지, 아님 모든 걸 포기했는지 물조차 마시질 않고 있는데 이러다간 무슨 일을 저지를까 걱정이란다.

그랬나 보다. 옆집 할머니가 요양원에 갔을 때, 그렇게 화가 나서 흥분하더니만 자신에게도 그런 일이 닥칠까 봐 두려워서 더 그랬나 보다.

우리가 방으로 들어서자 여 씨는 비질비질 눈물을 흘리며 손을 덥석 잡았다. 그리고 한동안 허공만 바라보다가 들릴 듯 말 듯 입술을 옴지락거리며 혼잣말처럼 입을 열었다.

"열일곱에 동네 늙은 홀애비 꼬임에 빠져 애를 낳어유. 어린 나이에두 내 자식 굶어죽지 않게 할라구 벼라별 일을 다 하면서 애를 키웠지. 그런데 장개라고 보내 놓으니 메느리년이 핏덩이를 두고 집을 나갔어. 고년이, 그렇게 매정한 년이 그 어린것을 떼놓고…."

여 씨는 화를 참지 못하는 듯 방바닥을 두드리며 소리를 질렀다.

"고년, 지 혼자 호강하것다고 도망친 년을 찾어낼 거라며 아들새끼도 나가더니 죽었는지 살았는지 연락도 읎고, 핏덩이 손녀딸을 들쳐업고 다니면서 나물도 팔고 사과도 팔고 그러면서 내가 키웠어. 그런데 그년도 지 에미 닮았는지 열댓 살 처먹더니 집을 나가서 아직까정 소식도 읎고."

여 씨는 손녀의 환상을 쫓는지 한동안 말이 없다가 한숨을 내쉬며 다시 말을 이었다.

"내가 목사님 만나지 않았으면, 그래서 우리 예수님 알지 못했으면 여태까정 살지도 않았지. 그런데 그 아들새끼가, 십 년 넘게 얼굴 한 번 안 비추던 눔이 갑자기 와서는 집 팔어서 다른 데루 가자구 지랄지랄 하는 거여. 그래서 내가 죽어도 못한다고 버텼더니만 허구헌 날 방구석에 쑤셔박혀 술만 처먹구 잠만 퍼질러 자더라구, 그랬다가 내가 배가 아프다고 했더니 병원에 가자며 꼬셔서 데리고 나와 놓구는 여기다 처박어놓고 간 거여. 우라질 놈. 결국 그 잘난 코딱지만 한 집구석 팔어먹을라고 온 거지. 아이구 내가 저를 어떻게 키웠는데, 나를 이런 데 끌어다 가둬 놓구는."

여 씨는 짐승처럼 울부짖더니 이내 꺼억꺼억 울기 시작했다. 억울하고 서러웠던 한 여인의 일생이 굽이굽이 눈물이 되고 폭포가 되어 쏟아져 내렸다.

슬프다. 산다는 게 참 슬프다. 도대체 우리네 삶은 왜 이리 고통스러워야 하는가….

"선상님이 지난번에 해 준 얘기가 딱 맞어유. 엄마 심장을 여자한테 줄라고 한 눔 말이유."

"청년에게 사랑하는 여자가 생겼다지요. 그런데 그 여자가 청년에게 어머니의 심장을 가져오면 사랑을 받아주겠다고 했다네요. 사랑에 눈이 먼 청년은 어머니의 심장을 가지고 급하게 달려가다가 넘어졌답니다. 굴러떨어진 어머니의 심장이 놀라서 하는 말이, '아들아 괜찮니? 다친 데는 없니?' 하며 걱정을 하더라지요."

여 씨가 가라앉은 목소리로 말을 이었다.

"어떨 때는 그 새끼 때려죽이고 싶다가도 또 생각해보면 불쌍혀유. 나같이 무식한 에미 만나서 고생만 하고. 우리 아들도 좋은 데서 태어났으면 호강하며 잘 살 텐데, 다 내 탓이유. 내가 죄가 많아서."

여씨의 눈물이 바닥에 뚝뚝 떨어진다.

벨벳거미가 있다. 그 거미는 먹이를 게워 새끼에게 먹인 뒤 더 이상 게울 게 없으면 자신의 몸마저 녹여 먹이로 주고는 껍질만 남긴단다.

미라처럼 껍질만 남은 벨벳 어미 거미의 모습이 슬픈 여 씨의 눈동자에 서린다.

사색에 잠기다

:

"왜 우리는 이렇게 쫓기듯이 인생을 낭비해 가면서 살아야만 하는가? 우리는 배가 고프기도 전에 굶어 죽을 각오를 하고 있다. 사람들은 제때의 한 바늘이 나중에 아홉 바늘의 수고를 막아준다고 하면서, 내일의 아홉 바늘 수고를 막기 위해 오늘 천 바늘을 꿰매고 있다. 일, 일, 하지만 우리는 이렇다 할 중요한 일 하나 하고 있지 않다." 헨리 데이비드 소로의 글이다.

이 글을 보는 순간 탄성을 질렀다.

내가 그랬다. 하고 있는 일이 절정에 있을 때, 난 틈을 내어 다음에 할 일을 배우러 다니곤 했다. 현재 진행 중인 일은 언젠간 끝날 테니 그다음 할 일을 준비해야 한다는 생각이었다. 그러니 늘 시간에 쫓겼다.

밥 먹는 시간이 아까워 김밥을 사 들고 걸어가면서 먹고 엘리베이터 안에서 화장을 했다. 운전 중에 신호에 걸리면 양말 한쪽을 신고 다음 신호에서 마저 한 쪽을 신었다. 그러면서 늘 생각한 게 그거였다.

'왜 이러고 사나? 무엇을 위해서? 뭘 하려고 이렇게 사는가?' 그러다가 미처 답을 얻기도 전에 또 일에 매달렸다. 이걸 하고 저걸 하고 끝없이 일하다가 지쳐서 잠들곤 했다.

그때는 그게 열심히 사는 최선의 길이라고 생각했는데 지나고 나서 보니 제일 중요한 것을 놓쳤다. 내가 분주하게 일을 하는 동안 가족과 함께 정을 나눌 기회를 잃었다. 일단 일을 하고 애들도 학교 졸업하고 나면 돈 있고 시간 있으니 여행도 다니며 맛있는 것도 먹고 여유롭게 살면 된다고 생각했었다.

그런데 이젠 진짜 그런 일이 가능해졌는데, 이미 애들은 다 커서 떠났고 내 건강도 예전 같지가 않다. 더 중요한 것은 열정이 그때와 사뭇 다르다. 하고 싶은 일도 많고 가고 싶은 곳도 많았던 그 마음이 이젠 시들해져서 하면 좋고 안

해도 괜찮은 상태로 되어버렸다. 사람은 다 때가 있다는 말이 실감 난다.

지난날이 때론 아쉽기도 하지만 그렇듯 열심히 하지 않았으면 이 만큼도 못 살 거라고 스스로 위안을 삼으시면서도, 또 한편으론 미래에 대한 막연한 두려움과 기대감으로, 미래의 아홉 바늘을 상상하며 열 바늘도 아니고 백 바늘도 아닌, 천 바늘을 꿰매느라 아등바등 살아온 내가 우습다.

호주의 호스피스 간호사 브로니웨어가 죽어가는 사람들의 후회를 지켜보며 경험을 토대로 쓴 책에 남긴 다섯 가지 교훈이다.

'내가 원하는 삶을 살았더라면, 내가 그렇게 열심히 일하지 않았더라면, 내 감정을 표현할 용기가 있었더라면, 친구들과 계속 연락하고 지냈더라면, 내 자신에게 더 많은 행복을 허락했더라면'

가만히 생각해보면 나 역시 마찬가지다.

노인복지시설에 있을 때였다.

그 할아버지의 배는 항상 볼록했다. 일찍 아내를 잃고 전국에 있는 공사판을 떠돌며 돈 모으는 재미로 살았단다. 어느 날 공사장에서 허리를 다치고는 혼자 밥 끓여 먹을 힘조차 없어서 그동안 모아 둔 돈을 찾아서 시설로 들어왔다. 그런데 화장실 출입도 자유롭지 못하니 돈을 쓰러 밖으로 나갈 수도 없고, 감춰 둘 데도 없어 전대를 차고 있어서 배가 볼록한 것이었다.

할아버지는 누가 외출만 하면 돈을 꺼내 주면서 사이다 좀 사다 달라고 애원을 했다. 그러나 돌아오는 답은 늘 한결같았다.

"많이 먹으면 오줌 싸서 안 돼요."

그의 돈은 아무리 많아도 사이다도 한 병 사 먹을 수 없는 종이 뭉치에 불과했다. 할아버지는 평생 일한 대가의 돈을, 허리가 부러지는 마지막 날까지 모은 그 돈을, 잃어버리지 않으려고 수시로 꺼내서 확인하고 다시 집어넣곤 했다.

할아버지를 보면서 많은 생각을 했다. 왜 그리 일만 하고 살았는지, 어디까지가 필요이고 어디까지가 욕심인지. 그리고 삶에서 가장 중요한 건 무엇인지.

김수환 추기경님의 말을 떠올리며 내 자신을 성찰해본다.

"돈을 벌기 위해 살 것인가, 밥을 먹기 위해 살 것인가, 입신출세를 위해 살 것인가, 사랑을 위해 살 것인가."

진정한 행복

잠시 반짝였다 사라지는 신기루 같은 행복 말고

바람처럼 스쳐 가는 찰나의 행복 말고

진정한 행복은 어디에서 오는 걸까?

원하는 것들을 소유하게 됐을 때 행복하다.

그러나 합당하지 못한 것,

당사자에게 나쁜 영향을 주는 것을 추구하면

설사 그것을 가졌다 하더라도 행복할 수 없다.

자신이 원하는 것을 소유했다 하더라도

수시로 변하는 헛되고 허망한 것들이라면

그 역시 행복을 약속할 수 없다.

변하지 않는 것이라 할지라도

누군가가 빼앗아 갈 수 있는 것이라면 행복할 수 없다.

수시로 변하고, 더할 수 없이 가볍고 헛된 세상의 가치로

부와 명예를 추구할 때,

그것을 한순간에 빼앗겨 버릴지도 모른다는

불안감에 시달리는 사람들

그들은 부와 명예를 가졌을 뿐 결코 행복한 사람이 될 수

없다

아무리 많은 것을 가졌더라도

그것을 올바로 사용할 지혜가 없다면 무의미하다.

진리를 모르고 지혜가 결여된 부와 명예의 소유는

갈증과 불안만을 키울 뿐

지혜 없이 부와 명예를 사용할 때 행복은 신기루와 같다.

언제나 변함없이 영원하고

그 누구도 빼앗아 가지 못하며 반드시 필연적인 관계에 있

는 존재,

그런 대상은 단 하나 하느님뿐.

－〈아우구스티누스 '고백론'〉 중에서

늘 허기가 졌다. 밥을 양푼에 비벼서 잔뜩 먹어도 허기는 가라앉질 않았다. 사람을 만나 웃고 떠들어도 즐거운 건 그때뿐, 돌아오면 허전한 마음은 마찬가지였다.

못 배운 것에 대한 미련인가 싶어서 공부를 시작했다. 고등학교 졸업장이 있건만 다시 방송통신고등학교를 다니고 통신대학교까지 들어갔다. 공부하는 건 쉽지가 않았다. 새벽부터 밤중까지 집 안 일과 직장생활, 공부에 파묻혀 하루 24시간이 부족할 만큼 바쁘게 살았다. 그러나 공부하는 게 즐거웠고 꽉 찬 하루가 뭔가 열심히 사는 것 같아서 뿌듯했다. 그렇게 대학교를 다니고 다시 대학원까지 졸업하고 나니 나 자신이 자랑스러웠고 모든 소원을 이뤘다고 생각했다. 그러나 그 기쁨은 잠시뿐, 마음 한구석에선 채워지지 않는 뭔가가 있었다.

여행을 다녔다. 돈을 아끼느라 텐트 안에서 잠을 자고 직접 밥을 해 먹으면서도 많은 곳을 다니며 자연의 신비를 느끼고 낯선 곳에서 다양한 문화도 체험해보았다. 그렇게 곳곳을 여행하면서, 쌓였던 스트레스를 날려 보내고 복잡한 현실에서 해방되어 여유를 만끽했다. 그러나 돌아오면 다시 반복되는 일상의 연속이었다.

일을 시작했다. 학생들과 함께 하는 과외수업은 무척 즐거웠다. 버스를 전세 내어 체험학습을 다니고 전통놀이를 같이 하고, 여러 행사에 참여하면서 맘껏 일을 했고 일을 즐기는 동안 돈도 저절로 들어왔다. 만족스러웠고 행복했다. 그러나 스쳐 지나가는 것이었다.

땅을 갖고 싶었다. 우리 집이 가난해서인지 농토가 많은 사람이 부러웠다. 모아놓은 돈으로 땅을 사러 다녔다. 틈만 나면 부동산을 찾아가고 경매를 보러 다녔지만 워낙 적은 액수라 맘에 드는 땅을 구할 수가 없었다. 그러다가 마음에 드는 과수원을 낙찰받았다. 그런데 땅 주인이라는 여자가 울면서 돌려주길 애원하길래 난 마음이 약해져서 그 땅을 포기해버렸다.

그렇게 몇 년이 지나고 드디어 마음에 드는 땅을 구입했다. 삼복더위에 구슬땀을 흘리며 일을 해도 재미있고, 비를 맞으며 풀을 뽑아도 신명이 났다. 그러나 그것도 얼마 지나니 힘에 부쳤다.

글을 썼다. 처음 등단했을 때는 내가 대단한 인물이 된 것 같아서 우쭐했다. 그러나 시간이 지날수록 그것은 또 하나의 족쇄가 되었다. 때때로 가슴 가득 쏟아내고 싶은 뭔가가 있으면 쓰는 것이지 글의 노예가 되고 싶진 않았다. 결국 글을 쓰는 일도 마뜩잖았다. 세상의 명예는 갈증과 불안만을 키울 뿐이었다.

결국 내 허기를 채워줄 수 있는 것은 신앙뿐이었다.

잠시 반짝였다 사라지는 신기루 같은 행복이 아니라 언제나 변함이 없고 영원하며 그 누구도 빼앗아가지 못하는 '영원한 충만함' 그것은 오직 어떤 절대자, 나에게 있어서는 하느님이라 불리어지는 그분 안에서만 가능했다. 내면 깊숙한 곳에서 그분을 만나는 것이었다.

아우구스티누스의 《고백론》을 읽으며 난 위대한 스승을 만났고 삶의 진정한 행복을 알게 되었다.

깨우침의 순간이었다.

초록 세상

.
.
.

죽음이 없다면 인간은 얼마나 교만할까?

병원 검사 결과 암 의심 증상이 있다는 통보를 받았다. 오진임이 틀림없다고 생각했다. 아무리 암이 흔한 세상이라고 해도 그건 다른 사람들에게나 걸리는 병이지 나와는 상관도 없는 일이었다. 그런데 시간이 지날수록 정말 암이라면 어떻게 하나 불안해졌다. 그리고 이렇게 병이 들고 금방 죽어갈 인생인데 한 치 앞도 모르고 허둥대며 살아온 게 허무했다.

가족이 걱정이었다. 남편이야 알아서 잘 살겠지만, 제일 걸리는 것은 자식들이었다. 지금까지 살면서 제대로 해준

것도 없는데, 더구나 아직도 엄마의 손길이 필요한 나이인데, 내가 죽는 것보다 아이들이 더 걱정되었다.

가라앉는 마음을 추스르려고 자꾸 좋은 쪽으로 생각을 했다. "세상엔 걱정해서 될 일이 있고 아무리 해도 안 되는 일도 많은 것, 하물며 사람의 목숨이야 어찌 내 맘대로 하겠는가, 고아들도 훌륭하게 자란 사람도 많고, 부모가 있어도 비뚤어지는 애들도 있거늘. 톨스토이의 '사람은 무엇으로 사는가'에서처럼 하느님께서 돌보시리니 그분의 자비에 맡기자."

세상일은 마음을 접고 나면 가벼워지나 보다. 질병도 마찬가지다.

'다른 사람들도 많이 걸리는데 내가 뭐 특별하다고 나만 안 걸린다는 보장이 있나. 암에 걸렸으면 수술하면 되는 거고 너무 심해서 못 고치면 죽는 것이지 뭘 어쩌겠는가.' 마음을 비워나갔다.

'죽음은, 나와 사랑하는 이들에게 닥쳤을 때는 너무나 엄청난 고통이지만, 누구나 알고 있듯이 모든 사람에게 닥쳐오고 누구도 피해갈 수 없으며 누구도 나 대신 죽을 수 없는' 가장 공평한 자연의 이치인 것이다. 그래서 '세상에서 가장 확실한 진리는 모든 사람은 죽는 것'이라고 하지 않던가.

예전의 나는 유난스러웠다. 식당에 가면 여럿이 쓰는 물컵이 꺼림칙해서 가능한 사용도 하질 않았고 장례식장만 다녀오면 입었던 옷을 빨고 샤워를 하며 마치 귀신이라도 붙어 온 양 요란을 떨었다. 그리고 거기서 주는 음식은 입에도 대질 않았다. 그런데 요즘은 너무 맛있어서 국 한 그릇을 더 얻어먹기도 한다. 결국 사람이란 다 거기서 거기다.

죽음에 대해 많은 생각을 했다.

죽는다는 건 뭘까, 육신을 떠난 영혼은 어떻게 될까? 그때 매미의 한살이가 떠올랐다. 매미가 땅속에서 오랜 세월을 애벌레로 있을 때, 그들은 땅 위의 신비스런 생활을, 파란 하늘과 날개를 달고 노래하는 자신을 상상이나 했을까? 어쩜 땅속에 남겨진 유충들은 땅 위로 올라가는 그들을 죽은 거라며 애통해하진 않았을까, 혹시 누군가가 땅 위의 신비를 들려줬다 한들 그것을 받아들일 수 있을까? 곤충의 한살이가 그러하듯이, 사람도 비슷하지 않을까. 그렇게 생각을 하니 죽음이 결코 마지막 말이 아니었다. "죽음은 두려움을 넘어 새 생명으로 들어가는 문이다."라는 어느 철학 교수님의 말이 맞는 것 같았다.

마음이 평온해졌다. "죽기 전에는 내가 아직 살아있고 죽는 순간에는 더 이상 내가 존재하지 않으니 무엇을 두려워할 것이냐." 유물론자인 에피쿠로스의 말을 떠올리며 초연해진 나 자신을 느꼈다. 그리고 남겨진 소중한 시간들을 더 의미있게 살려고 최선을 다했다.

하루는 지인의 사망 소식을 듣고 장례식장엘 갔다가 너무 슬퍼하는 상주에게, "마음이 많이 아프겠지만 '사랑하는 사람은 육체의 죽음을 넘어 우리 기억 속에 영원히 살아있고, 삶과 죽음은 별반 다르지 않다'고 하니 너무 슬퍼하지 마라."는 위로의 말을 들려줬다. 어쩜 그 말은 나 자신을 위한 것이었는지도 모른다. 사실 오래 산다고 해서 행복한 것도 아니고 짧은 생을 살았다고 해서 불행하다고 말할 수 있는 것도 아니다. 짧기에 더 소중하고, 감미로울 수 있다.

모세의 기적이라고 불리는 신기한 바닷길을 보러 무창포에 갔을 때다. 바닷물이 서서히 빠져나가고 나는 바다 한가운데에 섰다. 빗소리와 바람 소리와 파도 소리를 들으며 하나의 피조물이 되어 대자연 속에 잠겼다. 그리고 그 품에 안

졌다. 아, 그 편안함, 그 아늑함, 그 포근함. 만물이 본질적으로 고향을 그리워하듯 태초에 인간이 생겨난 대자연 속으로 스며든다는 건 그렇듯 황홀한 것인가보다. 그러니 죽음도 그러하리라.

슬프거나 두렵지가 않았다. 인간은 창조주의 섭리대로 움직여지는 작은 피조물일 뿐이고, 나는 그 존재를 '하느님'이라 부르며 모든 걸 맡길 뿐이다. 내 장례미사 때, 생애 마지막으로 드리는 미사의 주인공이 되는 그날을 위해 즐겨 부르던 성가곡도 미리 적어 놓았다. 그리고 가족에게 쓴 유언장도 곱게 접어 서랍 안에 넣어두었다.

사람의 마음은 참으로 시시각각 변한다. 병원에 예약된 날짜가 다가오자 죽음은 환상이 아니고 다시 현실이 되었다. 죽는 게 무섭다기보다는 사랑하는 사람들과의 이별이 두려웠다. 특히 자식들을 두고 떠난다는 게 마음 아팠다.

정말 암이라면 어떡하지? 항암치료를 하고, 텔레비전에서 보던 것처럼 머리가 빠지고 그러다가 악화되면 죽는 것인가, 숨어 있던 걱정이 슬그머니 되살아났다.

진료실로 들어갔다.

"암은 아니고 용종입니다. 그렇지만 암으로 진행될 수도 있으니 3개월에 한 번씩 꼭 검사받으러 오셔야 합니다."

꿈같은 말이었다.

병원에 있는 성당 문을 여니 환자복을 입은 초췌한 젊은 여인이 링거를 꽂고 고요히 앉아있다. 기도란 그런 것인가 보다. 사람으로서 할 수 없는 한계를 어떤 절대자에게 온전히 맡기고 청하는 것, 그래서 고통받는 자들이 위안을 얻고 희망을 찾는다면, 죽음 너머의 또 다른 세상을 믿고 안 믿고를 떠나서 그 자체가 평화가 아닐까.

무릎을 꿇고 십자 성호를 그었다. 그동안의 복잡했던 마음들이 녹아내린다. 그리고 '유한한 삶에서 죽음이 결코 멀리 있지 않기에, 나에게 주어진 시간을 혼신의 힘을 다해 살아야 한다.'는 누군가의 말을 떠올리며 한층 겸손해진 마음으로 병원을 나왔다.

초록빛 버드나무 이파리가 바람결에 찰랑인다. 그 초록 세상 속에 노란 햇살이 눈부시다.

나 방귀 뀌었다

.
.
.

"나, 방귀 뀌었다~ 뿌우웅 뿌웅 ~~^^."

"아이구 고마워라! 애 썼다. 방구 꾸느라구!"

"새벽부터 방귀 소식 전해줘서 고마워~^^."

"녹음해 놨어야지. 귀한 방권데 ㅎㅎ."

날이 밝기도 전에 카카오톡이 연신 울리더니 방귀 소식에
모두가 환호성을 질렀다. 수술하고 3일 안에는 가스가 나와
야 물을 마시고 미음도 먹을 수 있다는데 아직 가스가 나오
질 않아서 모두들 걱정이었다.

5일째 되는 날, 그녀는 오늘은 무슨 일이 있어도 꼭 가스
를 나오게 하겠다며 운동을 했지만 하루가 가고 밤이 되어
도 희소식은 들리지 않았다. 자신이 마음대로 방귀 한 번을

뀔 수 없는 나약한 존재란 걸 새삼 느꼈다.

동생은 갑자기 환자가 되었다. 생각조차 못해 본 일이었다.

평소 아프다는 소리 한 번 안 하고 매우 씩씩했는데, 건강 검진 결과 서둘러 입원하라는 통보를 받았다. "요즘은 의술이 좋아서 수술만 하면 괜찮을 거다."라고 동생을 위로했지만 마음이 심란해서 잠을 이룰 수가 없었다.

언니와 오빠가 객지로 떠나고, 엄마가 대처에서 학교 다니는 막냇동생 밥해 주러 가고 나니 집에는 그 동생과 나, 둘만 남았다.

우리 자매는 아침이면 같이 버스를 타고 출근하고 저녁에는 요리 솜씨를 뽐내며 즐거운 생활을 했다. 주말에는 같이 꽃을 심고 별이 쏟아질 것 같은 밤에는, 냇물이 흐르는 다리에 나가 앉아서 밤하늘의 별을 보며 노래를 불렀다.

"봄에 이루어진 사랑은 마음이 예쁜 사랑/ 순이네 앞마당 꽃들처럼 나의 친구처럼./ 여름에 이루어진 사랑은 마음이 굳센 사랑/ 바위를 깨치는 파도처럼 나의 아빠처럼./ 가을에 이루어진 사랑은 마음이 고운 사랑/ 하이네의 시처럼 아름다운 나의 연인처럼/ 겨울에 이루어진 사랑은 마음이 넓은 사랑/ 대지를 뒤덮은 흰 눈처럼 나의 엄마처럼.” 일본의 어느 대학생이 만들어 불렀다는 그 노래를 우리 둘은 노랫말이 너무 좋다면서 고개를 흔들어가며 신이 나서 부르곤 했다.

우리가 아는 노래를 모두 부르다 보면 밤이 이슥해지고 같이 앉아있던 복순이 엄마도 집으로 돌아가고 나면 우리는 또 먼 미래를 꿈꾸며 행복한 이야기를 나누곤 했었다.

둘은 자매들 중에도 유난히 열정적인 성향이 비슷했다. 그래서 함께 나서면 겁나는 게 없었다.

하루는 우리 집 옆방에 자취하는 대학생이 있었는데 그의 여자친구가 자살소동을 벌였다. 언니네서 저녁을 먹고 집엘 왔는데 깜깜한 방에서 이상한 소리가 났다. 문에 귀를 대고 자세히 들어보니 숨이 끊어질 듯한 신음 소리였다. 옆집으로 달려가 아저씨를 불러왔지만 뒷짐만 지고 서 있다가 슬며시 빠져나갔다.

급한 마음에 손잡이를 뜯고 들어가 보니 여자가 연탄불을 옆에 피워놓고 죽은 듯 누워있었다. 어차피 우리가 감당해야 할 몫이란 생각에서였는지 무섭지가 않았다.

경찰서에 전화를 하고 택시를 불러 여자를 업어 태우고, 옆에서 붙잡고 가는데 그녀의 싸늘한 피부가 닿아 소름이 끼쳤다. 그렇게 응급실까지 데려가고 한바탕 난리를 치르고 나서야 여자는 생글거리는 얼굴로 돌아왔다. 나중에 알고 보니 남자친구가 헤어지자고 해서 겁을 주려고 그런 짓을 했단다. 어쨌거나 절체절명 위기의 순간에 우리 자매는 지혜롭고 재빠른 행동으로 한 여자를 살려냈다. 지금 생각해도 정말 대단한 용기였다.

동생은 현명하고 마음이 따뜻하며 무엇보다 나와 소통이 잘 되었다. 그래서 같이 여행을 다니며 애들 키우는 얘기도 하고 고민거리도 나누면서 다정하고 의좋게 지냈다.

동생이 어찌 그런 나쁜 병에 걸렸는지 망연자실했다. 아직 애들 뒷바라지도 해야 하고 할 일이 많은데, 둘 중 하나가 꼭 가야 된다면 내가 먼저 가야 하는데….

동생은 입원을 하루 앞두고 코로나 전염병에 걸렸다. 대학병원에서 어렵게 수술 날짜를 잡은 건데 …. 누군가 더 생명이 위급한 사람이 있었나보다고, 그래서 그녀가 뒤로 미루어졌나보다고 위안을 삼았다. 초조하고 막막한 시간이 흐르고 있지만 내가 해줄 수 있는 게 아무것도 없었다.

어느 성인의 말씀을 떠올리며 묵상을 했다.

"아름다운 형상의 밑그림이 그려진 천에 한 땀 한 땀 수(繡)를 놓고 있는 어머니 등 뒤에서, 이리저리 헝클어진 수(繡)틀 뒷면만 바라보고 있는 어린아이처럼, 미약한 저는 당신의 넓은 뜻을 감히 헤아릴 수도 없습니다. 그래서 왜, 착한 동생이 이런 고통을 당해야 되는지 이해할 수 없습니다. 그러나 시간이 지나고 당신의 계획된 작품이 완성된 후에는, 수틀 뒷면의 얽힌 실밥이 꼭 필요한 것이었음을 알게 되겠지요. 그러나 하느님! 그래도 하느님! 지금 이 실 한 올 한 올을 부여잡고 매달리는 나약한 저희를 가엾이 여기소서. 저는 어린아이처럼 그 헝클어진 실밥이 어떤 의미가 있는지, 앞으로 어떤 역할을 할는지 그건 아직 모르지만, 지금 눈에 보이는 그 한 땀 한 땀에 희망과 절망을 느끼나이다. 그것이 좋은 길인지 나쁜 길인지도 모르면서 그저 애원하오니 저희를 도와주소서, 자비를 베풀어 주소서! 우주를 다스

리시는 당신의 계획을 인간의 작은 지혜로는 알 수 없다 하셨으니 끝까지 희망을 가지고 기다립니다."

　모두의 염원 속에서 하루하루가 지나갔고 동생은 큰 수술을 받았다. 그리고 드디어 방귀를 뀌었다.

　우리는 지금도 그 날 새벽에 울려 퍼진 방귀 타령을 이야기하며 동생을 놀린다. 참으로 위대한 방귀였다고.

수의에는 주머니가 없다

.
.
.

어떤 부유한 사람이 땅에서 많은 소출을 거두었다. 그래서 그는 속으로, '내가 수확한 것을 모아 둘 데가 없으니 어떻게 하나?' 하고 생각하였다. 그러다가 말하였다. '이렇게 해야지. 곳간들을 헐어내고 더 큰 것들을 지어, 거기에다 내 모든 곡식과 재물을 모아 두어야겠다. 그리고 나 자신에게 말해야지. '자, 네가 여러 해 동안 쓸 많은 재산을 쌓아두었으니, 쉬면서 먹고 마시며 즐겨라'

그러나 하느님께서 그에게 말씀하셨다. '어리석은 자야, 오늘 밤에 네 목숨을 되찾아 갈 것이다.'

– 루카복음 12장 16–20

얼마 전에 형제끼리 재산 싸움을 하다가 형은 죽고 동생은 중태에 빠졌다는 기사를 보았다. 자주 벌어지는 일이다. 부모는 안 먹고 안 쓰면서 모은 재산인데 그것이 오히려 화근 덩어리가 되어 형제끼리 칼부림이라니 죽어서도 통탄할 노릇이다.

우리 동네 파란 대문집엔 늘 불이 꺼져있다.

처음 그 집을 지을 때 남자는 직접 페인트칠을 하고 정원에 꽃을 심으며 꿈에 부풀어 있었다. 젊어서는 자식들 키우느라고 고생만 하고 살았으니 이제 일은 그만하고 손녀들 재롱이나 보면서 재미있게 살다가 나중에 같이 사는 자식한테 집을 물려줄 거라고 했었다. 그런데 얼마 못 가서 부인이 세상을 떠나고, 혼자 남게 된 그는 우울증에 빠져있다가 결국 세상을 등지고 말았다.

고요하던 그 집엔 자식들이 시도 때도 없이 들락거렸고, 고함소리가 나고 한동안 시끄럽더니 결국 소송이 걸렸다는 소문이 돌았다. 어느 자식의 소행인지 감춰 둔 통장과 돈을 찾느라고 그랬는지 집안은 도둑맞은 듯 난장판이 된 채 가족사진만이 뒹굴고 있다고 한다.

그 집 앞을 지날 적마다 남자의 행복해하던 모습이 떠올라 안타깝다.

　"돈은 수단으로서 사용해야지 목적으로써 향유하려고 할 때 불행해진다."는 어느 성인의 말씀처럼 돈에 대한 인간의 욕심은 어디까지인지. 아홉 개를 가진 사람은 열 개를 원하고 백 개를 움켜쥔 사람은 천 개를 채우려고 안달이다.

　소크라테스가 말했듯이 '자신이 지금 가지고 있는 것으로 만족할 수 없는 사람은, 그 사람이 가지고 싶어 하는 모든 것을 가진다 하더라도 만족하지 못하는 게 인간'인가보다.

　어릴 적 나는 지는 것을 무척 싫어해서 무슨 일이 있어도 꼭 이겨야만 직성이 풀렸다. 동네 아이들과 땅따먹기 놀이를 할 때도 그랬다.

　돌을 말로 삼아 손가락으로 튀겨서 나갔다가 세 번 안에 집으로 돌아와야 되는데, 처음에는 조금씩 땅을 넓혀나가다가도 어느 순간 욕심이 생기면 한꺼번에 넓은 땅을 차지하려고, 말을 세게 쳐서 멀리까지 나갔다가 낭패를 보기도 했지만 계속 이길 때까지 도전을 했다. 그리고는 저녁이 되고 엄마가 밥 먹으라는 소리에 이제까지 기를 쓰고 넓혀나간

내 땅을 발로 쓱쓱 문질러 지워버리고는 집으로 돌아가곤
했다. 그렇게 지우고 집으로 돌아가면 그만인 것을 왜 그리
기를 쓰며 넓은 땅을 차지하려고 했는지….

  인디언들은 혼인 잔치 때 제일 먼저 보내는 것이 수의(壽
衣)라고 한다. '수의에는 주머니가 없으니 죽어서는 아무것
도 못 가져간다는 것을 늘 염두에 두고 살라.'는 의미라고
한다.

  어떻게, 어디에 목표를 두고 사는 게 잘사는 것인지….

인연이라는 것에
대하여

그렇게 삼십 년을 넘게 살았다.

······

이만큼 살아보니

세상에서 가장 편안한 게 남편이다.

얘기를 하다가도 반응이 없는 남편을 보면

당신 때문에 내가 더 답답하다고

화살을 그쪽으로 돌릴 때도 많지만

그래도 묵묵히 들어주니 여간 고마운 게 아니다.

-본문 중에서

부자 엄마

·
·
·

우리 어머니는 엄청 돈이 많다. 자칭 부자다. 그래서인지 우리가 드리는 용돈은 절대로 안 받으신다. 서랍에 몰래 봉투를 넣어 두고 와도 영락없이 다시 돌려주신다.

"나 돈 많으니까 내 걱정 말고 애들한테나 써 줘. 그리고 늙으니까 돈도 필요가 없어." 늘 하시는 얘기다. 그래서 섭섭할 때도 많다.

어쩌다 어머니를 모시고 식당엘 가면, 꼭 당신이 계산을 하시려고 한다. 지역 상품권을 바꿔다 놓은 게 남아서 그걸 먼저 써야 된다는 게 이유다.

내 환갑 땐 어머니가 봉투를 주셨다. 생각지도 못한 일이었다.

"내가 금반지를 사다 주고 싶었는데 다리가 아퍼서 시내 버스를 못 타겠어. 그러니까 이 돈으로 네가 표시 있게 반지 나 하나 사서 껴."

"엄마가 무슨 돈이 있다고 이렇게 많은 돈을 주셔요? 내가 엄마를 드려야지."

"난 돈 많어, 걱정하지 마. 그리구 언니들한테도 다 줬으니까 집어넣어. 이제 두 딸만 해주면 된다."

우리 엄마는 진짜 대단한 분이다. 딸 다섯 가운데 세 명에게 금반지를 선물하셨으니 이제 넷째와 막내딸 환갑 때 줄 반지값을 또 모으고 계실 것이다.

노인연금으로 매달 나오는 26만 원으로 거금을 만들자면 전기세를 아끼느라 방에 불도 안 켜고 겨울에는 보일러를 돌리는 대신 전기장판 하나만 꽂고 주무실 것이다.

내가 대학원 졸업할 때도 그랬다. 생각지도 못했는데 엄마가 아픈 다리를 끌고 오셨다.

"우리 딸이 대학원을 졸업하다니 장하다. 이건 엄마가 전에 못 해준 대학교 등록금이여. 지금이라도 주게 돼서 내가 참 좋다."

나는 안다. 어머니한테 그 돈이 얼마나 큰 것인지, 얼마나 오랫동안 아끼고 모은 것인지.

어머니 집은 늘 춥다. 그래서 친정엘 갈 때는 몸이 무거울 정도로 옷을 껴입고 가야 된다.

밭에는 사시사철 푸성귀로 가득하다. 씨만 뿌리면 실컷 먹을 수 있는 채소를 왜 비싼 돈을 주고 사느냐며 천 원 한 장도 쓰는 걸 아까워하신다. 그래서 주말이면 어머니를 보러 간다는 것은 명목일 뿐 실은 필요한 채소를 가져오기 위함일 때가 많다. 봄에 상추를 시작으로 시금치, 토마토, 마늘, 감자, 무 그리고 김장김치와 된장까지 가지고 온다.

어머니는 자식들 칠 남매가 먹을 것을 심고 가꾸느라 손가락 관절은 밤톨처럼 불어나 있고 무릎에는 늘 파스가 덜렁거리지만 쉬지 않으신다.

친정엘 가면 밥을 꼭 먹어야 한다. 어머니는 무릎이 아파서 한 번 일어나려면 땅바닥을 짚고 애를 쓰면서도, 끼니때가 됐든 안 됐든 자식들 밥상을 손수 차려주고 싶어 하신다. 아끼느라 먹지도 않는 참기름을 미역국에 듬뿍 넣어주면서 많이 먹으라고, 더 먹으라고 성화를 대시니 그저 맛있게 먹는 시늉이라도 해야 한다.

어머니는 베푸는 걸 좋아하신다. 외삼촌을 비롯하여 명절 때 들르는 친척한테까지 마늘 한 접, 들기름 한 병이라도 들려 보내고 싶어 하시니 엄마네 집엔 뭐든지 아무리 많아도 금방 없어진다.

어릴 적 우리 집에는 밥을 얻어먹으러 오는 걸인들이 많았다. 우리도 밥이 모자라서 감자나 고구마로 끼니를 때울 때가 많건만 엄마는 늘 밥상을 차려서 그들이 먹고 가게 했지 그냥 돌려보내지 않았다. 그래서인지 마적단이라 불리던 사람은 아침마다 우리 집에 들러 밥을 얻어먹고는 자청해서 집안일을 거들어주곤 했다.

얼마 전에 어머니는 된장과 고추장을 큰 항아리로 하나 가득 담그셨다. 힘든데 뭐하러 하시느냐고 말려도, 내가 살아서 하나라도 더 해 줘야 자식들이 편하게 먹는다면서 구십 노구를 이끌고 메주를 쑤고 밟아서 된장을 담그시는 걸 보면서, 어머니가 돌아가실 준비를 하는 것 같아 내심 걱정이 되기도 했다.

어머니가 차려주시는 밥을 먹고, 한 보따리 싸주시는 걸

들고 나오는데 비가 후드득 떨어진다. 비 맞지 말고 들어가시라고 해도 막무가내로 유모차를 밀며 따라 나오신다. 그리고는 운전 조심하라고, 조심해서 다니라고 몇 번씩 당부하고 또 하신다.

운전하며 백미러를 보니, 비를 맞으면서도 나를 지켜보고 서 있는 엄마의 모습에 마음이 짠하다. 도대체 자식에 대한 부모의 마음은 얼만큼인지, 그리고 언제까지인지….

집에 와서 가방을 열어보니 지난번에 드린 용돈이 봉투째 들어있다. 전화를 했다.

"용돈 쓰시지 왜 돌려보내셨어요?"

"어, 여기도 비가 많이 와." 어머니는 내 물음에 엉뚱한 얘길 하신다. 귀가 어두우시니 대충 감으로 대답하시는 것이다.

간혹 혼자 살다가 세상을 떠난 노인들의 유품 속에서 많은 현금이 발견되었다는 소식을 접할 때가 있다.

"일생을 마친 다음에 남는 것은 모은 것이 아니라 남에게 베푼 것이다."라는 누군가의 말에 공감을 하면서도, 자식들은 부모에게 관심조차 없으니 돈이라도 있어야 된다면서 죽는 순간까지 돈을 움켜쥐고 있었을 노인들이 불쌍하다. 그리고 우리 엄마는 그럴 염려는 없으니 다행이다.

선물

．
．
．

다리를 다쳤다.

슬쩍 넘어졌는데 걸을 수가 없었다. 한의원에 가서 침도 맞고 물리치료까지 했는데 자고 일어나니 더 심해져서 발을 디딜 수조차 없었다. 부랴부랴 정형외과에 가서 사진을 찍으니 뼈에 금이 갔단다. 깁스를 하고 남편 등에 업혀서 집엘 왔다.

졸지에 환자가 되었다. 부엌엘 갈 때면 한쪽 다리로 깨금발을 뛰며 다녀야 했고 화장실을 가는 것도 기어서 가야만 했다.

출근은 해야 되는데 세수하는 거며 옷 입는 것까지 뭐 하나 수월한 게 없다.

다리와는 아무 상관도 없을 것 같은 일들이 발목 하나 다친 이유로 할 수가 없었다.

퇴근 무렵 유난히 눈이 많이 왔다. 평소 같으면 경치가 환상적이다, 낭만적이다라면서 호들갑 떨며 좋아했을 텐데 당장 집에 갈 일이 막막했다.

횡단보도에서는 신호등이 들어오자마자 열심히 걸었는데도 반도 채 못 갔는데 신호는 바뀌었다. 진퇴양난, 손을 들고 건너자니 미안하고 답답하고, 전에는 무심코 하던 일들이 엄청난 일로 다가왔다.

목발을 짚고 살아보니 세상이 다르게 보인다. 두 발로 땅을 디딜 수 있다는 건, 그래서 내가 원하는 곳을 맘껏 걸어 다닐 수 있다는 건 얼마나 감사한 일인지, 평범한 일상이 축복이었다. 가끔은 자가용도 없어서 버스를 타고 다니는 내 모습이 처량할 때도 많았는데 지금 생각해보니 그 또한 다시는 안 올 것처럼 그리웠다.

시간이 지나고 걷게 되니까 이번엔 어깨가 뻐근하게 쑤시기 시작하더니 허리며 다리까지 내려와서 몇 발짝만 걸어도 쉬어야 했고, 앉는 것도 눕는 것도 힘이 들었다. 몸이 아프니 마음까지 약해졌다.

봉사활동 다니다가 만난 명수 씨가 생각났다. 키도 크고 얼굴도 잘생긴 건장한 젊은이였는데 어느 날 갑자기 쓰러져 반신불수가 되었다. 감기조차 안 걸릴 정도로 혈기 왕성했다던 그는 자신이 처한 상황이 아직도 믿어지지 않는다면서 밥을 먹다가도 갑자기 통곡을 했고 휠체어에 앉아 밖을 내다보다가는 괴성을 지르기도 했다.

한 번은 명수 씨를 목욕시키느라 비누칠을 하고 났는데 갑자기 따뜻한 물이 나오지 않았다. 온수기가 고장이 난 모양이었다.

그를 수건으로 감싸주고는 급하게 물을 데워서 올라가니 그는 추운 목욕탕에서 덜덜 떨고 있었다. 너무나 미안하고 죄스러워서 대충 비눗물만 씻어내고는 옷을 입혀주니 명수 씨가 하소연을 했다.

"몸이 병들면 정신도 같이 망가지면 좋을 텐데, 정신은 멀쩡해가지고 기저귀 갈아 달라는 말은 차마 못 하겠고, 아직도 그놈의 자존심은 남아있으니, 살아 있는 게 고통이네요."

나는 어떤 말도 할 수가 없어서 그냥 명수 씨를 꼬옥 안아

준 걸로 기억된다.

늘 채워지지 않는 무언가가 있었다. 그래서 재미없고 지루한 일상 속에서 뭔가 특별하고 화려한 불빛을 찾아 떠도는 불나방이 되고 싶었다. 그런데 일 년 남짓 이어진 육체의 고통은 나의 무모한 날갯짓을 멈춰 주었고, 건강할 때는 미처 느끼지 못한 많은 깨달음을 주었다.

나는 요즘 행복하다. 내가 좋아하는 코스모스 길을 맘껏 걸을 수 있어서 행복하고 파란 하늘 아래에서 뛰어노는 내 아이들을 바라볼 수 있어서 행복하다. 노을 지는 강가에서 여울물 소리를 들을 수 있어서 행복하고 두 무릎을 꿇고 기도할 수 있음에 더욱 행복하다.

내 나이 오십오 세에 겪은 그 육체적 고통은 인생에 있어서 가장 중요한 삶의 의미를 일깨워 준 내 생애 최고의 선물이었다.

한글학교

교실에는 학생들의 열기로 가득했다. 밤 열 시가 넘었건만 누구 하나 조는 사람도 없다. 돋보기를 코끝에 걸치고도 글씨가 잘 안 보이는지 책을 밀었다 당겼다 하면서 연신 책에 줄을 그으며 따라 읽는 할아버지가 계신가 하면, 글씨가 마음대로 잘 써지질 않는다면서 지우개로 몇 번씩 지우고 또 쓰고 하는 할머니 등 그들은 나이도 살아 온 모습도 다양하지만 배우겠다는 열의만큼은 한결같다.

그곳에는 사람 사는 정이 있다.

"우리 고구마 캤는데 몇 개 쪄 왔으니 선생님 하나 잡숴보셔유. 여태까정 저녁도 못 잡숫고 얼매나 시장하셔유 그래." 하면서 손수 고구마 껍질을 벗겨 주시는 할머니. "오늘 사과

따러 갔다가 선상님 드릴라구 한 봉지 은어 왔어유. 이렇게 늦게까지 원 죄송해서." 부시럭 거리며 비닐봉지를 내 가방에 넣어주는 할머니도 계시다.

그럴 때면 나는 너무나 황송해서 제발 그러지 좀 마시라고 해도 막무가내다.

"칠십 평생에 처움 만나는 선상님이신대유, 못 해 드려 한이지유."

사춘기 소녀처럼 얼굴이 붉어지며 뭐라도 챙겨주려는 그분들을 보면 그저 죄송하고 부끄럽다. 딸자식 같은 젊은 나에게 공손히 허리를 구부려서 인사를 하는 분들을 보면 더욱 그랬다.

그분들은 늘 많은 얘길 들려주신다. 글씨를 이만치라도 배워서 이젠 원이 없다며 너무 좋아서 길거리 간판을 자꾸 읽으며 다닌다는 분도 계시고, 사위가 알까 봐 쉬쉬했는데 며칠 전에는 글씨가 큰 동화책을 사다 줘서 민망해서 혼났다는 분도 계시다.

글자를 모르고 살아 온 그분들의 삶이 얼마나 고단했을지, 얼마나 불편했을지 생각할수록 참으로 안쓰럽다.

처음 한글학교에 갈 때는 갈등이 많았다. 남들처럼 집안 살림만 하는 것도 아니고 직장이 끝나고 집엘 가서 밥을 해 먹기도 바쁜데 또 야학을 맡는다는 게 무척 큰 부담이었다.

학창 시절 야학에 관련된 소설을 읽으면서 늘 미련을 가지고 있던 터라 한 번쯤은 해 보고 싶은 갈망이 있었다. 그러나 막상 오늘부터 나오라는 전화를 받고 나니 들떴던 마음도 잠시뿐, 귀찮은 생각이 더 앞섰다.

'아무래도 괜한 짓을 했어. 그러지 않아도 바빠 죽겠는데, 그래서 일요일 하루 쉬는 것도 이런저런 집안일로 잠시 앉을 틈도 없이 하루가 금방 지나가는데 또 야학까지 맡다니, 그만두자. 아직 정식으로 인사한 것도 아니고 그냥 전화로만 약속을 했으니 그냥 못 하겠다고 하지 뭐.'

이리저리 핑곗거리를 찾으면서도 눈은 자꾸 시계를 쳐다봤다.

전에 살던 동네에서 일이다. 우리 동네 젊은 아낙이 시내를 나가면 꼭 삼거리를 지나서 버스를 타곤 했다. 등에는 아기를 업고 무거운 보따리까지 들고는 왜 한참을 걸어 삼거리까지 가는지 이해가 되질 않았다. 그런데 그녀가 버스의 행선지를 읽을 줄 몰라서 그랬다는 걸 알았을 때는 이미 이사를 가고 난 뒤였다. 얼마나 안타깝던지, 진작 알았더라도 내가 그 정도라도 읽을 수 있게 글자를 가르쳐줬을 텐데 싶어 두고두고 마음에 걸렸었다.

'정이나 힘들면 그때 가서 그만두더라도 일단 시작을 하자. 자유롭게 글을 읽고 쓸 수 있는 나는, 그렇지 못한 사람들을 도와줄 의무가 있는 거야.'

그렇게 생각을 굳히자 오히려 마음이 편안했다. 서둘러 가족들이 먹을 저녁상을 차려놓고 자전거를 타고 한글학교로 향했다.

가쁜 숨을 몰아쉬며 교실로 들어서는 순간 뭐랄까, 놀랍다고 할까, 신기하다고 해야 할까. 교실엔 그림을 그리듯 뭔가를 열심히 쓰고 있는 학생들로 가득했고 모두가 우리 부모님 같은 어르신들이었다.

'요즘 세상에 한글을 모르는 사람들이 이렇게 많다니, 그리고 이 늦은 시간에 한글을 배우려고 이렇게들 열심히라니.'

그 어떤 말로도 표현할 수 없는 숙연함마저 느껴졌다.

살금살금 들어가 맨 뒷자리에 앉았다. 그리고는 그 분위기에 휩싸여 주체할 길 없는 감동을 노트에 적으며 무아지경에 빠져들었다.

한참을 그렇게 정신없이 글을 쓰다가 고개를 들어보니, 학생들이 신기한 듯 나를 쳐다보고 있었다. 얼굴이 화끈거리고 정말 어떻게 처신을 해야 할지 알 수가 없었다.

글을 쓴다는 게 이렇게 어색하다니, 이렇듯 내 마음대로 자유롭게 글을 쓴다는 게 당연한 것이 아닌, 자랑스러운 것은 더더욱 아닌 그저 어색함으로 다가왔다.

그날 밤, 더듬거리며 한 자 한 자 그림을 그리듯 정성스럽게 써나가는 그분들의 열정을 보면서, 시작도 하기 전에 바쁘고 귀찮다는 이유로 가르침을 포기하려고 했던 나의 오만함이 부끄러웠다.

새로 오신 선생님이라는 소개를 듣고는, 허리를 굽혀 깍듯하게 인사를 하시던 나이 많은 학생들 앞에서 나는 다시 한번 나의 교만함을 깨달았다.

"저 선생님, 이것 좀 봐 주세유."

학생들은 부끄러워서 얼굴에 홍조까지 띠며 나를 부른다.

자녀들한테 쓴 편지를 봐 달라는 모양이다.

세상을 사노라면 누군들 삶의 무게가 힘겹지 않으랴만, 글자 한 자를 모르는 채 평생을 살아온 그분들의 삶은 얼마나 고단했을까?

그날 밤 우리는 늦깎이 학생들이 처음으로 쓴 편지를 같이 읽으며 맘껏 울고 웃었다. 피곤한 것도 잊은 채, 나이도 잊은 채 모두가 행복한 밤이었다.

인연이라는 것에 대하여

그러지 말라고 해도 남편은 또 내 뒤를 따라나섰다. 내가 운전을 하며 다닌 지 한 달이 다 되어 가건만 아직도 마음이 안 놓이는가 보다.

아침에도 남편은 종이에 그림을 그려가면서 이쪽으로 돌 때는 이리로 붙어야 되고 반대로 갈 때는 원심력에 의해서 이렇게 해야 된다며 몇 번씩 설명하더니만 내 대답이 영 신통치 않았는지 오늘 한 번만 더 같이 가겠다며 나선 것이다.

처음으로 내가 차를 몰고 출근하던 날, 오래전에 딴 면허증만 있을 뿐 운전 경험은 없는 나를 위해 남편은 아침에 일찍 나가서 차에 기름을 가득 채워오고 여기저기 점검을 하고 유리창까지 닦아주었다. 그리고는 본인의 출근 시간보다도 한 시간이나 일찍 나서서 내 뒤를 따라오다가 굽은 산길이 끝나는 곳에서 다시 되돌아가곤 했다. 그리고는 저녁에 오면 속도가 너무 빨랐다느니 너무 급하게 브레이크를 밟았다느니 하면서 내 운전 습관을 지적하곤 했다.

4차선으로 올라서자 남편은 조심해서 다녀오라며 차를 돌린다. 남편 차가 보이지 않자 이젠 혼자 가야 된다는 생각에 긴장이 된다. 자세를 바르게 하고 남편이 했던 말을 하나하나 되짚어 본다. 잔소리를 들을 때는 기분이 나빴지만 막상 운전을 할 때는 많은 도움이 된다. 핸들을 꼭 잡고 정신을 바짝 차리고 앞을 본다.

30여 년 전의 일이다. 중매가 들어왔는데 내가 싫다고 하자, 엄마는 시집도 못 가는 딸 때문에 동네 창피해서 못 살겠다며 한탄을 하셨다. 마지못해 맞선을 보러 나갔다. 얘길 나누다 보니 초등학교 동창이었고 둘 다 결혼에 관심이 없는 터라 부담없이 식사를 한 후 헤어졌다. 그런데 사람의 인연이란 참으로 묘해서 우리는 몇 번을 더 만나고 그냥 결혼을 해버렸다.

결혼 후 처음 맞는 내 생일이었다. 나는 남편이 어떤 선물을 해 줄까 기대에 부풀어 있었다. 멋진 레스토랑에서 우아하게 식사하는 모습도 그려보고 예쁜 반지도 생각해보고 백 송이의 장미도 그려보았다.

그런데 아침에 일어난 남편은 여느 때와 다름없이 출근하는 게 아닌가. 너무 황당했지만 그래도 저녁에 멋진 이벤트를 기대하면서 행복한 하루를 보냈다. 그런데 퇴근한 남편은 또 평상시처럼 저녁을 먹고 텔레비전을 보다가 잠이 들어버렸다. 너무나 어이가 없고 나를 무시하는 것 같아 견딜 수가 없었다. 마음 같아서는 잠든 사람을 흔들어 깨워서 따지고 싶었지만 그러기에는 너무 자존심이 상하고 그렇다고 그냥 지나가기에는 너무 비참했다. 그리고 혹시 모르니 다시 내일을 기대하면서 잠자리에 들었는데 다음 날도 그다음 날도 그는 생일이란 말조차 꺼내지 않았다.

너무나 서운해서 따졌다.

"결혼하고 처음 맞는 생일인데 어쩜 이럴 수가 있어? 이렇게 인정머리 없는 당신과 내가 왜 결혼을 했는지 모르겠다."라는 내 말에 남편은 어이없는 표정을 지었다.

"아니, 이 세상에 생일 없는 사람이 누가 있다고 그래? 그게 뭐 그리 대단한 건데?" 생각지도 못한 말에 기가 막혔다.

'세상에 어쩜 이런 사람이 다 있나, 우리 집에서는 생일이면 엄마가 맛있는 떡도 해주고 특별한 대접을 해 줬는데, 이런 사람이랑 평생을 어떻게 살 수 있을까, 돈 한 푼 모아놓은 게 있나, 자상하길 하나, 내가 미쳤지, 아무것도 따져보지 않고 그렇게 쉽게 결혼한 내가 바보지.'

생각할수록 나 자신이 한심하고 남편이 꼴도 보기 싫었다. 그러나 어쩌랴, 노처녀 딸 시집보내서 속이 다 시원하다는 엄마한테 보따리를 싸 들고 갈 수도 없고, 그렇다고 돌아다니며 남들에게 떠들어봤자 내 얼굴에 침 뱉는 격이고, 그렇게 내 생일은 실망스럽게 끝나고 말았다.

나중에 안 일이지만 남편은 어릴 때부터 생일상을 받아 본 적이 없었다. 어머니 혼자 팔 남매를 키우느라 들로 산으로 다니시며 일하기 바빠서 애들 생일까지 챙겨 줄 여력이 없었단다. 그러니 생일도 모른다고 타박하는 내가 남편 눈에는 이상해 보일 수도 있었겠다고 애써 이해를 했다.

그 이후로 남편에 대해 많은 기대를 내려놓았다. 서로 다른 환경에서 자랐다는 것은 살아가면서도 엄청난 차이를 느끼게 했다. 그래서 함께 있으면서도 외로웠고 헛헛한 마음을 채우려 세상을 떠돌았다.

그렇게 삼십 년을 넘게 살았다. 자식들은 학교만 졸업시키면 되는 줄 알았는데 그래도 내가 해야 할 일은 여전히 남아 있고 결혼만 시키면 내 임무는 다 끝날 거라 생각했지만 식구가 늘어나니 기쁠 때도 많지만 그만큼 신경 쓸 일도 많아졌다.

이만큼 살아보니 세상에서 가장 편안한 게 남편이다. 얘기를 하다가도 반응이 없는 남편을 보면 당신 때문에 내가 더 답답하다고 화살을 그쪽으로 돌릴 때도 많지만 그래도 묵묵히 들어주니 여간 고마운 게 아니다.

가끔씩 남편이 없다면 어떻게 살까 하는 생각을 해 본다. 나는 몸이 약해서 무거운 것은 제대로 들지 못하고 농장엘 가도 냉이나 뜯고 꽃이나 보러 다닐 뿐 억척스럽게 풀 한 포기를 못 뽑는다. 거기다가 마음이 약해서 남들이 요구하는 걸 거절도 못 하고 계산능력마저도 떨어지니 그가 없다면 이 복잡한 세상에서 나는 아무것도 할 수 없는 미아가 될 것만 같다.

언제부턴가 남편은 변해 있었다. 내 생일이면 아침에 일찍 일어나 미역국을 끓이고 고기를 볶아서 나를 위한 생일상을 차려준다. 또 출장을 갔다 오는 날이면 기차역으로 마중을 나와 가방을 들어주고 내가 늦잠을 자면 밥상을 차려 놓고 한 술이라도 뜨고 가라며 성화를 댄다. 유난히 추위를 많이 타는 나를 위해서 조금만 옹송거려도 따뜻하게 보일러를 올려주고 자다가 다리에 근육이 뭉쳐서 쩔쩔매고 있으면 얼른 일어나 다리를 주물러 주고, 이불을 덮어준다. 역시 부부가 최고이다. 남편과는 찌개 하나만 냄비째 올려놓고 밥을 먹어도 괜찮고, 쉬는 날이면 늦게까지 속옷바람으로 돌아다녀도 흉허물이 없어 좋다.

이제는 눈에 띄게 주름이 생기고 흰 머리카락이 늘어가는 남편의 모습을 보면서 측은한 생각만 든다.

부부의 인연으로 만나 자식을 낳고 키우면서 기쁨과 고통을 함께 나누며 여기까지 와 준 참으로 고맙고 소중한 인연이다.

앞으로 함께 할 시간이 얼마나 남았는지는 모르지만, 우리의 삶이 다하는 그 날까지 이렇게 서로의 버팀목으로 살다가 둘이 함께 고이 하느님 품에 안기기를 소망한다.

생명이어라

．
．
．

   그곳에 들어서는 순간 몹시 당황스러웠다. 마치 카페 같은 분위기에 이십 대 초반 정도 되어 보이는 젊은이들이 여기저기 앉아있다. 잘못 들어왔나 싶어 다시 밖엘 나가서 확인해보니 산부인과가 확실하다. 다시 들어가서 엉거주춤 자리를 잡았다.

   요즘 들어 자꾸 출혈이 있어서 벼르고 있다가 지나가는 길에 병원이 보여서 들어 온 것이다. 그런데 내가 생각하는 산부인과의 모습, 그러니까 배가 만삭이 된 여자라든가 아님 부인과 쪽에 문제가 생겨서 고통스러워하는 그런 환자들이 있는 병원과는 분위기가 사뭇 달랐다.

   남녀가 몸을 감싸 안은 채 음악에 맞춰 몸을 흔드는 모습도 보이고 한쪽에선 아예 노골적으로 애정행각을 벌이고 있는 이들도 있었다. 아무리 저 좋으면 그만이라고는 하지만 많은 사람 앞에서 그것도 병원에서 그런 행위를 하는 사람들을 보니 어이가 없다.

그러면서도 한편으론 젊은 사람들만 오는 병원에 나이 든 내가 눈치도 없이 끼어 앉아있는 것 같아서 영 가시방석인데 그렇다고 그냥 나가기도 뭐하고, 도대체 어디에 시선을 둬야 할지 모르겠어서 잡지 책을 뒤적이며 어서 내 차례가 오기만을 기다렸다.

젊은이들은 이름을 부를 적마다 나란히 진료실로 들어갔다가는 한참 뒤에 묘한 표정으로 병원을 나가곤 했다.

의아해서 둘러보니 벽에 붙여놓은 문구가 보인다.

'임신 중절 수술 걱정 말고 상담하세요!' '비밀상담, 걱정은 NO' '부작용 없는 낙태수술'

내막을 알 것 같았다. 그들은 임신을 하고 낙태 수술을 받으러 온 모양이었다. 언젠가 모 병원에서는 쉽게 낙태 수술을 해준다는 말이 있어서 젊은이들이 많이 모여든다는 소문은 들었지만 설마 했었는데 막상 내 눈으로 보게 되니 소름이 끼쳤다.

빈 의자가 없을 만큼 들어찼던 사람들이 한 쌍 두 쌍 병원을 빠져나가는 모습을 멍 하니 바라보다가 내 이름이 불리워지는 것을 들으며 밖으로 나와버렸다.

바람이 세차게 몰아치건만 춥지가 않다. 저들은 자신이 무슨 짓을 저지르고 있는지 알기나 할까.

급격히 변화는 세상, 여과 없이 쓰나미처럼 밀려들어 온 이상한 성(性)문화, 혼전의 성관계를 운운한다는 자체가 너무나 촌스럽고 보수적이라 말할 거리도 안 되거니와 일단 동거를 해보고 서로가 잘 맞으면 결혼하고 그렇지 않으면 미련없이 헤어지고 또 다른 짝을 만나서 살아보고, 그런 젊은이들이 늘어난다는 소문은 들었지만 그런 일은 극히 일부일 거라고 생각했었다. 그런데 오늘 보니 요즘의 성문화가 보통 심각한 게 아니고 그런 결과로 야기되는 낙태 또한 엄청나다는 것을 실감한 것이다.

인생은 계획대로 되지 않는다. 남녀관계란 더욱 그렇다. 그러나 생명에 관한 문제이다. 아이를 낳을 수 없는 많은 상황들이 있다 하더라도 세상에서 가장 중요한 생명이 경시되어서는 안 된다.

낙태는 쾌락과 돈과 이기주의가 공모해서 세상에서 가장 힘없고 나약한 아기들의 생명을 앗아가는 가장 비열하고 잔인한 행위다.

산부인과 의사인 한 지인은 낙태 수술을 하지 않는다. 양심상 도저히 할 수가 없다고 했다. 그러다 보니 환자는 줄고 병원을 유지하기조차 힘들어졌다. 그래도 그는 자신의 신조를 지키며 꾸준히 사람 살리는 일만 하고 있다. 그런데 세월이 흐를수록 예전보다 더 많은 환자들이 찾아온다는 반가운 소식이다. 사람을 살리는 진정한 의사, 훌륭한 의사 선생님이라며 먼 곳까지 소문이 난 것이다.

요즘 상술이 뛰어난 의사는 젊은이들이 좋아하는 분위기를 만들어 놓고 사람을 살리는 병원이 아니라 사람을 죽이는 손이 되어 전적으로 낙태 수술을 하는 것 같다. 더구나 낙태죄가 폐지되면서 임신중절 수술은 합법적이 되었으니 얼마나 더 많은 끔찍한 일들이 이곳에서 벌어지겠는가.

언젠가 부모를 위한 성교육 시간에 낙태 수술 장면을 촬영한 동영상을 보았다.

의사가 수술을 하려고 뾰족한 기구를 집어넣는 순간, 위험을 감지한 태아는 흉기를 피해 도망을 쳤다. 그리고 한동안 이리저리 쫓기다가 결국 온 몸이 찢기고 잘리어 최후를 맞았다.

죽음을 직감하면서도 할 수 있는 것이라곤 피하는 것 외엔 아무런 저항도 할 수 없는 그 나약한 생명을 보면서 어찌나 죄스럽고 마음이 아프던지 그걸 보는 모든 부모들이 흐느껴 울었다.

어쩜 생명에 대한 무지함에서 저지른 과거의 잘못, 실수였다고 하기엔 너무나 엄청난 짓을 자행한 아기에 대한 죄책감, 나만 살겠다고 제 자식을 죽인 독하고 몰인정하고 염치없는 어미로서의 자신이, 뼈에 사무치도록 원망스러워서 더 그렇게들 울었는지도 모른다.

아, 인생도 컴퓨터처럼 딜리트(Delete)를 누르고 잘못 살아온 부분들을 삭제시킬 수 있다면 얼마나 좋을까. 수치스러운 과거를 모두 끄집어내어 딜리트(Delete)만 탁 치면 모든 과오가 한꺼번에 사라질 수 있다면 얼마나 좋을까.

순간의 실수, 그로 인해 주어진 생명들 그리고 죄없이 희생되는 아기들….

언젠가 꽃동네 태아동산에 잠시 머무른 적이 있었다. 낙태된 아기들의 무덤을 상징하는 조그마한 나무 십자가들이 하얀 눈을 흠뻑 뒤집어쓴 채 서 있었다. 그 조그마한 십자가 앞에 누군가가 놓고 간 우유와 사탕이 보는 이들의 마음을 아프게 했다.

지금도 어디에선가는 사랑이라는 미명 아래 생명은 잉태되고 또 얼마나 많은 아가들이 버려지고 있을까….

저녁 어스름에 바람만이 차갑다.

* 태아동산: 가장 연약한 생명체인 태아들을 기억하며 생명을 지키자
  는 뜻으로 천주교회에서 꽃동네에 조성한 공간. 태아동산의 나무
  십자가는 낙태된 아기들의 무덤을 상징함

가을 황사

.
.
.

　문득 박 노인이 생각났다.

　추석 다음 날이었으니 오늘이 그분의 생일일 것이다.

　코로나로 인하여 면회가 금지되는 바람에 오랫동안 요양
원 봉사를 가지 못했는데 한시적으로 면회가 된다고 해서
그를 만나러 갔다.

　그동안 노인들은 많이 바뀌었고 박 노인도 보이질 않았
다. 어찌 된 일인지 물어보니 코로나가 시작되고 바로 돌아
가셨다고 했다. 뜻밖의 소식에 우두망찰 서 있었다. 노인들
의 일은 정말 알 수가 없다. 그때는 그래도 건강했었는데.

　마지막으로 박 노인을 만나러 갔을 때 그는 누워있었다.
어디가 편찮으시냐고 물으니 한 방을 같이 쓰시는 분이, "오

늘이 저 사람 생일인데 온종일 시무룩해서 밥도 안 먹었다."
라고 했다.

그러자 박 노인은 벌떡 일어나더니 "거 참, 내 생일 아니
라니까 그러네. 오늘이 내 생일이면 다섯이나 되는 내 자식
들이 이렇게 한 명도 안 오겠어? 아니라구, 내 생일 아니라
구."라면서 다시 벽을 향해 누웠다.

외로운 처지에서 자식을 그리던 그 모습이 떠올라서 가슴
이 먹먹해졌다.

그냥 나오기가 아쉬워서 병상을 둘러보는데 어떤 할머니
가 식판을 앞에 놓고 온몸을 덜덜 떨면서 누구한테인지 고
함을 지르고 있었다. 그는 파킨슨병에 걸렸다는데 일부러
그러는 것처럼 손을 떨어서 음식이 거의 입으로 들어가질
않았다. 내가 다가가서 수저를 들고 밥을 입에 넣어드리자
할머니는 맛이 없다며 다 뱉어냈다. 그리고는 무슨 이유에
서인지 옆에 있던 국을 들어 확 엎질렀다.

"할머니 자꾸 그러면 아들 경찰한테 붙잡아 가라고 할거
예요."

간병인의 말이 떨어지기가 무섭게 할머니는 손을 싹싹 빌

었다.

"아니요, 붙잡아 가지 마요. 우리 아들 경찰한테 붙잡아 가지 말라고 해요, 밥 잘 먹을게요, 붙잡아 가지 마요. 붙잡아 가지 마요." 할머니는 손을 비비며 똑같은 말을 수없이 반복했다. 그리고는 손을 덜덜 떨면서 밥을 꿀꺽 삼키고 또 꿀꺽 삼키고 하면서 다 먹었다는 표시인지 아 하며 입 안까지 보여주었다. 도대체 무슨 영문인가 싶었다.

할머니는 소문난 부자였단다. 그런데 아들이 사업을 하다가 부도가 나자 할머니 소유의 건물마저 다 넘어갔고 아들은 어딘가로 도망을 갔단다. 그 뒤로 할머니는 치매에 걸렸고 파킨슨병까지 생겨 요양원으로 들어온 것이다. 그런데 아무나 보면 욕을 하고 난동을 부리다가도 아들 붙잡아 갈 거라는 말만 하면 저렇게 얌전해진다는 것이다.

정신줄을 놓은 상태에서도 본능적으로 지켜주고 싶은 게 자식인가보다. 꾸역꾸역 밥을 집어넣으며 아들 안 잡아가게 하려고 애를 쓰는 병든 어머니의 정성이 참으로 눈물겹다.

"괜찮아요, 아들 안 잡아가니까 그냥 천천히 잡수세요. 꼭 꼭 씹어서 천천히 드세요."

겁에 질린 할머니를 뒤로하고 요양원을 나왔다.

버스 안에서도 박 노인과 그 할머니의 모습이 자꾸만 눈에 어렸다.

앞에 앉은 청년의 전화 소리에 눈을 떴다.

"지금 우리 할아버지 장례식장에 가는 거야. 팔십몇인데 잘 모르겠다. 암튼 나이가 많아. 그렇지. 어제 새벽에 비 많이 쏟아질 때 자다가 말고 나가서 뺑소니 차에 치었대. 할머니하고 살았지. 야, 우리 엄마 치매 걸린 노인네 데려오기 싫어서 평생 안 다니던 직장도 다니고 별 쇼를 다 했다. 합의금? 물론 많이 받지. 맞아, 그게 바로 꿩 먹고 알 먹고지."

나는 속에서 뭔가가 치밀어 올라 어딘지도 모르는 곳에서 내려버렸다.

황사가, 가을 황사가 온 세상을 뿌옇게 뒤덮고 있었다.

장군이

．
．
．

　큰길을 돌아 강아지 한 마리가 숨을 헐떡거리며 달려간
다. 나도 모르게 얼른 길을 비켜준다. 매우 지친 모습이었는
데 멀리서부터 집을 찾아가는 모양이다. 녀석이 보이지 않
을 때까지 우두망찰 바라보다가 나지막이 불러본다.

　"장군아."라고.

　오늘 우리 장군이가 집을 나갔다. 손님 배웅을 하느라 잠
깐 문을 열어 놓았는데 그때 나갔나 보다. 가족이 모두 나서
서 온 동네를 다 찾아보았지만 어디에도 녀석의 모습은 보
이지 않았다. 어린애처럼 자꾸만 눈물이 쏟아진다. 정이란
게 뭔지.

　강아지 장군이가 우리 집에 온 것은 노란 햇살이 눈부신

가을날 오후였다.

날마다 강아지 타령을 하는 아이들의 성화에 못 이겨 서울에 사는 언니에게 한 마리 달라고 부탁하긴 했지만, 평소 강아지를 끌어안고 다니는 사람만 봐도 알레르기가 날 것 같은 나는 강아지가 올 날이 가까워지자 걱정이 태산이었다.

강아지가 오던 날, 아이들은 신이 나서 장군이를 끌어안고 물을 주고 머리를 빗겨주는 등 난리를 쳤지만 나는 강아지가 옆에만 와도 몸이 오그라들고 비명이 저절로 나왔다. 거기다가 '장군'이라는 이름답지 않게 어쩜 그리 작은지, 꼭 주먹만 한 것이, 낯설어서 그러는지 발발 떨기만 하는데 징그럽기도 하고 저걸 어떻게 키워야 할지 앞이 캄캄했다.

언니가 하는 말이 태어날 때부터 하도 빌빌거려서 장군처럼 씩씩하고 튼튼하게 자라라고 이름을 장군이라고 지었단다. 그렇게 장군이와 우리의 인연은 시작되었다.

서울에선 그렇게 대소변을 잘 가렸다던 녀석은 어찌 된 일인지 온 집안을 화장실로 여기고 볼일을 보니 갓난아이 키우는 것보다 더 힘이 들고 그동안 뜸하던 허리가 다시 아프기 시작했다.

　그러나 다시 서울로 보내자니, 학교가 멀어서 다리 아파 죽겠다고 툴툴거리던 아이들이 장군이가 보고 싶어서 학교가 끝나면 한걸음에 달려오니 그것만으로도 장군이 덕을 톡톡히 보는 것이고, 어디서 인기척만 나도 악을 쓰며 짖어대니 그것도 개라고 든든하기도 하고, 이래저래 결정을 못 하고 하루하루를 보냈다.

　어느 날 퇴근해서 돌아오니 아이가 울상이 되어 하는 말이 장군이가 계속 토했단다. 일거리 꽤나 만들어 났겠구나 싶어 둘러보니 맙소사, 안방 침대며 식탁 의자며 베란다까지 집안이 온통 오물투성이다. 애들 다 키워 놓고 이제 좀 편해질 만하니까 이젠 개 치다꺼리를 해야 하다니 생각할수록 분통이 터졌다.

　처음 장군이를 데려오기 전에는 오줌 똥은 저희가 다 치우고 목욕도 시킬 거라고 철석같이 약속을 했던 아이들은 그저 장군이를 끌어안고 다닐 뿐 아무것도 하지 않으니 이래저래 나만 힘들었다. '안 되겠다, 내일은 요놈의 강아지를 다시 서울로 보내야지.' 작정을 하면서 어디에 요놈이 오줌을 싸나 보려고, 만약 아무 데나 오줌 싸는 것만 보이면 이참에 아주 혼쭐을 내주리라 하고 살금살금 나와서 이곳저곳을 살펴보니 어째 장군이가 안 보였다. 어, 요놈 봐라. 또 침대에 발랑 누워서 자는 것이 아닌가 싶어 이불을 홱 들춰 봐도 없고 애들 옷 벗어 놓은 데다 주둥이를 문지르나 하고 둘러봐도 안 보인다.

'여우 같은 놈, 나한테 혼날까 봐 구석에 숨어서 아망을 떠는 모양인데, 고얀 놈, 아무리 그래 봤자 내가 봐줄 줄 알고. 웃기지 마라. 너는 내일 당장 서울로 보낼 거니까.'

그런 낌새를 눈치채지 않게 하려고 일부러 목청을 가다듬고 부드럽게, 될 수 있는 한 인자한 음성으로 장군이를 부르면서 구석구석을 찾다보니 어랍쇼, 개집에 얼굴을 쑤셔 박고 있는 것은 분명 장군이!

"야, 장군이!"

발로 개집을 툭툭 쳐봐도 아무런 반응이 없다.

'요놈이 내가 화난 걸 알고 미리 수작을 부리나 본데, 아무리 그래도 소용없어. 내일이면 너하고는 끝이니깐.'

다시 한번 혼자 화풀이를 하고 들어와서 수돗물을 콸콸

틀어놓고 손을 씻는데, 순간, '혹시?' 가슴이 덜컥 내려앉았다.

그래서 얼른 달려가 꾸부리고 있는 장군이를 자세히 보니 어째 심상치가 않다.

"장군아, 왜 그래 어디 아파?"

아무리 흔들어도 눈도 안 뜨고 귀를 축 늘어트린 채 꼼짝도 하지 않았다. 물이라도 좀 먹게 하려고 입에 대 줘도 반응이 없고, 그저 가끔씩 숨만 몰아쉴 뿐. 막상 그런 장군이의 모습을 보니 밉살스럽던 마음은 다 사라지고 걱정만 되었다.

'큰일 났네, 이 일을 어쩌면 좋지. 이 시간에는 병원도 문을 닫았을 테고. 얼른 날이 새야 할 텐데, 저 어린 게 오늘 밤을 잘 견뎌낼 수 있을까?'

어쩔 줄 몰라 허둥대다가 소화제를 갈아 억지로 입을 벌리고 먹였다. 장군이는 기운이 없는지 또 눈을 감는다. 옷을 가져다 덮어주고 그래도 추울 것 같아 보일러를 틀어주고는 서성거리다 나도 잠이 들었다.

새벽 같은데 어디서 이상한 소리가 나서 눈을 떠보니 장

장군이 227

군이가 고 앙증스런 혀를 낼름거리며 물을 먹고 있었다. 얼마나 반갑고 고맙던지. 그렇게 해서 나와 장군이는 친해졌다.

오늘 장군이 집을 빨았다. 목욕을 시키고 이불까지 빨아 말렸다. 녀석이 집을 나갈 걸 미리 알고 정리를 한 것 같아 더 마음에 걸린다. 언제 꺼내 왔는지 작은 아이가 장군이 사진을 쥔 채 꼬부리고 자고 있다. 아이에게 이불을 덮어주고는 밖으로 나왔다. 하릴없이 초인종을 만져본다. 장군이는 아무리 곤하게 자다가도 초인종 소리만 나면 제일 먼저 달려 나와서 식구들을 반기곤 했었는데… 대문을 닫으면 장군이가 왔다가 못 들어오고 그냥 갈 것만 같아 문을 활짝 열어놓았다.

풀벌레 소리만이 한적한 가을밤이 점점 깊어만 간다. 이 밤 그 조그만 녀석이 살벌한 세상 어느 낯선 거리에서 헤매고 있을까. 시계를 보고 또 보며 기다리다 지친 아이들의 목마른 기다림을 알기나 하는지. 어쩜 그 어린 주인을 애타게 찾으며 복잡한 자동차 사이를 아슬아슬하게 피하며 자기 주인을 찾아서, 집을 찾아서 그 동그랗게 겁에 질린 눈을 움츠

228 **김효진** 바람 부는 날 강가에 서다

리고 헤매고 있지는 않는지.

내일은 꼭 돌아와야 할 텐데 찾아올 수나 있을지, 그럴 수 없다면 차라리 좋은 사람 만나서 귀여움 받으며 잘 살아야 할 텐데, 장군이란 이름처럼 씩씩하고 튼튼하게 잘 커야 될 텐데. 우리 다 잊어버리고 새 주인한테 사랑받으며 잘 살아야 할 텐데….

바람이 분다. 별들마저 멀어지는데 바람이 분다. 어디선가 개 짖는 소리가 바람결에 들린다.

들꽃

●
●
●

들꽃 언덕에서 알았다/ 값비싼 화초는 사람이 키우고/ 값
없는 들꽃은 하느님이 키우시는 것을/ 그래서 들꽃 향기는
하늘의 향기인 것을/ 그래서 하늘의 눈금과 땅의 눈금은/ 언
제나 다르고 달라야 한다는 것도/ 들꽃 언덕에서 알았다.

─유안진 〈들꽃 언덕에서〉 전문

그들에게선 들꽃 향기가 난다.

바람을 잠재우는 들꽃의 가락이 있다. 그리고 평화의 미
소가 맴돈다.

내가 처음 그 아이를 본 순간, 빅토르 위고의 〈노틀담의
꼽추〉가 생각났다.

소설의 주인공인 성당지기 꼽추 콰지모도처럼 작은 키에 혐오스러운 얼굴, 그리고 다리마저 절름거리는 아이, 어떻게 저런 사람이 있을까 신기하기도 하고 징그럽기까지 한, 그래서 선뜻 가까이 다가서지 못하는, 아니 사실은 다가가고 싶지 않은 그런 아이였다.

나는 무슨 말인지 도저히 알아들을 수 없는 말을 우우거리며 반갑다고 달려드는 그를 차마 피하지 못하고 손을 잡으면서도 내심 역겨움에 손이 오그라들었다. 그렇게 시작된 만남이었다.

이런저런 이유로 삶이 시들해져서 기분전환 삼아 찾아간 재활원이었다. 그들이 어떻게 사는지 조금은 궁금하기도 하고 또 높은 것만 바라보며 끝없는 욕심에 스스로를 괴롭히는 나 자신에게 뭔가 정신 번쩍 나는 깨달음을 주고도 싶었다. 그래서 찾아간 곳이었다.

그 아이 민수는 1학년이라고 보기에는 믿기지 않을 만큼 유난히 덩치가 작았다.

여느 집 아이들은 반찬 투정이나 하며 어리광을 부릴 나이에 민수는 집을 떠나서 재활원에서 살고 있었다. 아침이면 일찍 일어나 이불을 개고 방 청소를 하고 밥 먹은 식판을 씻어 놓았다. 그리고는 미리 준비해 둔 옷을 찾아 입고 시간에 맞추어 학교엘 갔다.

그 아이는 정에 굶주려서인지 나만 보면 쫓아 와서 계속 이야기를 했다. 넘어질 듯 휘청거리면서도 열심히 따라다니는 모습이 몹시 안쓰러웠다.

6학년짜리 진구는 잘생긴 얼굴에 키가 훤칠하니 그애를 보고 있으면 세상 온갖 시름을 다 잊을 것 같은 평온한 얼굴이다.

난 진구에게 수학을 가르칠 때마다 여간 재미있는 게 아니다. 그애의 수학 수준은 열 손가락을 세어가며 빼기 더하기를 하는 정도인데 문제를 하나하나 풀 때마다 얼마나 신중한지 감탄할 정도이다. 그리고 맞은 것에 동그라미를 해 주면 손을 치켜들고 환호성을 지른다. 마치 축구 선수가 골을 넣고 세레머니를 하듯 좋아서 열광을 한다. 그래서 답이 틀릴까 봐 조마조마하기는 사실 그애보다 내가 더하다.

그애는 신기하게도 내 표정만 보면 답이 맞았는지 틀렸는지 금방 느끼는 모양이다. 그래서 내 얼굴을 쳐다보고는 표정이 이상하다 싶으면 다시 셈을 하여 정답을 써놓는다. 난 진구가 답을 틀리게 쓰면 그냥 맞았다고 할까, 아님 틀렸다고 할까 갈등이 생긴다. 그런 내 마음을 알아차리기라도 하듯 그 애는 다시 계산을 하고 그 위에 동그라미가 그려지면 세상을 다 얻은 듯 온 방을 돌며 자랑을 한다. 그 모습에는 가식이 없다. 걱정도 번뇌도 아무것도 없다. 그저 기쁨 그 자체다. 그 모습을 보면 나도 마냥 행복해진다.

진구에겐 늘 묵주반지가 끼워져 있다.

듣지도 못하고 말도 못 하며 글자도 모르고 수화도 못 하는 아이, 거기다 신경이 잘못되어서 항상 침을 줄줄 흘리는 자식을 가진 어머니, 그 어머니는 세상 누구도 해줄 수 없는 것을 온전히 하느님께 의탁하며 아침마다 반지를 끼워줬으리라. 잘 닦아서 빛이 나는 그 묵주반지를 보면 그 어머니의 심정이 그대로 전달되었다.

그곳 학생들은 대부분 부모가 없고 또 있어도 이혼했거나 연락이 안 된다고 했다. 또 정상적인 가정이라 하더라도 서로 의사소통이 안 되기 때문에 여러 가지 애로사항이 많다고 한다.

비장애인이 보기엔 그들이 더없이 불행해 보이고 답답해 보이지만 행과 불행이 어찌 육체의 불편함에만 있으랴. 눈으로 보고 귀로 들음으로써 욕심이 더해지고 성한 육신으로 온갖 죄를 더 저지르는 것을.

그들은 어쩜 듣지 못하기 때문에 세상에 때 묻지 않았고, 쓸데없이 남을 헐뜯지 않기에 그만큼 평온하며 그래서 더 자연에 가깝고, 그래서 비장애인보다 더 행복한지도 모르겠다.

오늘도 아이들은 밝게 지낸다. 자기보다 불편한 친구들을 도와주고 실수를 하면 금방 사과하고 선생님께도 최선을 다하여 예의를 갖춘다.

언젠가 민수가 쓴 일기장을 본 적이 있다.

"나도 듣고 싶어요. 나도 말하고 싶어요. 나도 축구 선수가 되고 싶어요."

순간, 많이 가졌음에도 늘 부족하다고 투덜대던 나 자신이 너무나 부끄러웠다.

그들은 나의 욕심을 깨우치는 꽃송이다. 하느님이 키우시는, 하늘의 향기를 전하는 귀한 들꽃이다.

흙비 내리던 날

．
．
．

비가 내린다. 흙비가 내린다. 하늘에서도 가슴에서도 끈적끈적한 흙비가 세찬 바람과 함께 내린다.

산모롱이를 돌아설 때 들려오던 포클레인 소리에 가슴이 쿵 내려앉더니 그래서였나보다. 이렇게 고향이 사라지고 있어서 그랬나 보다.

고향이 사라진다. 남편의 고향이 사라진다.

가슴이 쓰려오면서 목구멍까지 알싸한 뭔가가 치밀어 오른다.

얼얼함보다도 더 세찬 아픔이 온몸을 휘감는다.

빗방울이 굵어지면서 차창이 뿌옇게 번져서 아무것도 보이질 않는다.

마음이 조급해진다. 지금 보지 않으면 늦는다. 저 육중한 기계들이 몇 번만 더 움직이면 소중했던 추억들이, 정들었던 모든 것들이 흔적도 없이 사라질 것이다. 지금 봐 둬야 한다. 그래서 고스란히 가슴에 담아야 한다.

차 문을 열고 밖으로 나갔다. 모든 게 뒤죽박죽이다.

얼마 전까지만 해도 산벚꽃 아름답던 뒷동산은 온데간데 없고 동네 앞 논밭은 어디가 어딘지 가늠조차 할 수 없이 모래가 수북이 쌓여 있다.

어쩜 이렇게 허망한지 비죽비죽 눈물이 나온다. 옷이 젖는 줄도 모르고 한참을 그렇게 멍하니 서 있었다. 빗물이 눈물과 함께 가슴으로 흘러내린다.

고향 근처에 첨단산업단지가 들어선다는 말은 오래전부터 있었다. 보상이 나오고 벌써 이사를 가는 사람도 있다는 얘기를 들을 때도 그런가 보다 했었다. 그런데 가을걷이가 끝나고 겨울이 되면서 빈집이 늘어나더니 이제는 모두들 살 곳을 찾아 이리저리 떠나갔다.

주인이 떠난 집들은 금방 흉가처럼 변해버렸고 인근에서 몰려온 고물상들이 돈이 될 만한 것들을 모두 가져갔다.

처음에는 버리고 간 살림살이 중에서 쇠붙이를 가져가더니 나중에는 논밭의 하우스를 덮었던 비닐이며 지붕까지 벗겨가 버렸다. 그리고는 급기야 땅에 묻혀있던 배수관마저 뽑아가서 여기저기가 파헤쳐진 모습은 한바탕 전쟁을 치른, 폭탄 맞은 동네와 흡사했다.

시어머님이 눈만 뜨면 올라가서 일하시던 고추밭은 잡초만이 무성하게 자랐고 애기 순 하나라도 다칠까 애지중지 키워놓은 사과나무는 베어지고 자빠져서 흉한 모습으로 나뒹굴었다.

그런 와중에도 봄은 오고, 어쩌다 살아남은 키 작은 복사꽃 한 그루가 아무도 거두어 줄 이 없는 열매를 달고 하늘만 바라보고 있었다.

유령이 나올 것처럼 어수선한 모습으로 바뀌었어도 그곳을 둘러보고 싶었다.

남편을 만나고 그이의 오토바이 뒤에 매달려 처음 시댁엘 가던 날, 수줍음과 설레임으로 바라보던 들녘, 하얀 찔레꽃 향기 가득하던 논둑길, 산벚꽃 아름답던 평화로운 마을, 집집마다 피어오르던 저녁 연기, 모든 것이 그림 같았다.

아이를 업고 들어서면 시어머님이 고추를 따다 말고 맨발로 달려 나오시던 그 밭두렁, 사과꽃이 눈처럼 날리던 그 언덕, 아이들과 함께 놀던 느티나무… 모두가 그리움만 남겨 놓은 채 중장비에 눌리고 떠밀리어 그렇게 뭉개지고 있었다.

밭두렁에서 찔레꽃 하나를 캐어 들었다.

시어머니를 땅에 묻고 서럽게 바라보던 하얀 꽃이다. 소복이 피어난 그 꽃이 달밤이면 더 애절해서 왠지 모를 그리움을 안겨주던 꽃이다.

찔레꽃 한 그루를 화분에 심었다, 추억을 보듬듯.

화분 위로 그리움이, 아쉬움이 흙비와 함께 쏟아져 내렸다.

옷 정리를 하며

아들이 건네주는 가방에는 결혼기념일 축하 카드와 커플 티셔츠가 들어있었다. 하얀 바탕에 검은색 줄무늬가 산뜻하게 다가왔다. 작년에도 블라우스와 스카프를 사다 주더니만, 그의 자상함이 그대로 느껴져서 여간 고마운 게 아니다. 남편과 함께 똑같은 옷을 입고 하트를 날리며 사진을 찍었다.

옷을 넣으려고 장롱을 열어보니 옷이 많아서 걸어 놓을 자리가 없다. 싼 맛에 사다 놓고는 입지도 않는 원피스부터, 살 빠지면 입으려고 둔 바지까지, 막상 입고 나가려면 제대로 된 옷도 없는데 말이다. 몇 벌만 있으면 한 철을 나는데도 아까워서 버리지도 못하고 움켜쥐고만 있는 내 욕심이 그대로 보였다.

인도 열대림에서는 사람들의 음식을 훔쳐 가는 원숭이들을 잡는 좋은 방법이 있단다. 원숭이가 좋아하는 음식을 손이 들어갈 정도로 뚫어놓은 용기 안에 넣어두면 원숭이는 음식을 먹으려고 손을 넣었다가 빼지를 못하고 꼼짝없이 잡힌단다. 맨손으로 넣었을 때는 쉽게 들어간 손이 먹을 걸 잔뜩 움켜쥐면 빠지질 않는다. 그냥 손을 놓으면 되건만 욕심 많은 원숭이는 손을 놓지 못하고 붙잡히는 것이다.

나도 그와 같은 꼴이다. 그냥 놓으면 되는데, 그러질 못하는 욕심과 집착이 시간을 앗아가고 내 삶을 무겁게 한다. 이제 홀가분하게 자꾸 비워내는 연습을 해야겠다.

내친김에 정리를 하려고 주섬주섬 옷을 꺼냈다.

나는 새것보다 추억이 담겨 있는 묵은 것을 좋아한다.

빨간색에 꽃무늬가 있는 원피스가 보인다. 첫 아이를 낳았을 때 편하게 입으라고 친정 언니가 사 보낸 것이다. 감촉이 보드라운 그 옷을 여름이면 제일 많이 입었다. 어느 날 시장엘 갔는데 누가 부르는 소리가 들렸다. 못 만난 지 오래되었는데도 내가 입은 옷을 보고 알아봤다고 해서 한바탕 웃었다.

며느리가 처음으로 사 온 핑크색 조끼도 내가 잘 입는 옷이다. 앞부분 하얀색과 파란색의 조합이 예쁘기도 하지만 우리 손자가 아기였을 때 내가 춥다고 입혀주던 옷이다. 발목까지 내려오는 그 조끼를 입고 아장아장 걷던 모습이 지금도 눈에 선하다.

주황색 가디건을 들여다본다. 아들이 군대에서 받은 월급을 모아 첫 휴가를 나오면서 사다 준 옷이다. 까만 바지에 그 주황색 옷을 입고 아들 면회를 가던 추억이 담겨 있는 옷이다.

모자도 그렇다. 파란색에 하얀 꽃무늬가 있는 그것은 우리 손자가 골라준 것이다. 그 모자를 쓰면 손자의 모습이 떠올라서 나를 행복하게 한다. 그래서 다시 옷장 안에 넣는다.

제일 망설여지는 것은 시집올 때 해 온 이불이다. 그 이불을 보면 아이들이 그것을 덮고 장난치던 생각이 나고, 난 그 시절로 돌아간 듯 행복했다. 그래서 이젠 너무 낡아 보푸라기가 생겨서 덮지도 못하지만 한 번씩 꺼내 보곤 했다.

낡아진 이불을 보며 어린왕자에서 여우가 하는 말을 나

자신에게 속삭여본다.

"가장 중요한 건 눈에는 보이지 않아. 그건 마음으로 보아야 잘 보이는 거야."

이불을 버리려고 꺼냈다. 그런데 아이들과의 추억이 담긴 것이라 차마 버리지 못하고 다시 이불장에 집어넣었다. 결국 마지막까지 버리지 못하는 것은 가족과의 추억인가보다.

추억이 있는 몇 벌의 옷과 간단한 이불만 남겨두고 모두 수거함에 넣었다. 애잔하기도 했지만, 지난번처럼 버리려고 내놓았던 것들을 다시 들고 오지 말자고 마음을 다부지게 먹었다.

이제는 내 인생의 흔적들을 쌓아두지만 말고 하나씩 비워내는 연습을 해야겠다. 그래서 홀가분하게 이 세상을 떠날 준비도 해야 할 것 같다.

아들이 사준 커플 티가 널널한 옷장에서 눈에 확 들어온다.

욕심 버리면 즐거워요

●
●
●

　일요일 아침은 마음이 편하다. 시계를 볼 필요도 없고 도시락 반찬 때문에 걱정하지 않아도 되니 좋다. 그저 아무 생각 없이 천장만 보고 누워있어도 좋고, 이불 위에서 뒹굴뒹굴 하는 것만으로도 행복하다.

　언젠가 작은 아이의 종업식 날이었다. 학교에 갔던 아이가 신이 나서 뛰어 들어오더니, "야호, 방학이다!" 하면서 수없이 침대에서 뒹굴었다.

　일요일 아침 졸린 눈을 비비며 부엌으로 향하다가 오늘이 일요일이란 것을 깨닫는 순간, 나는 일찍 일어난 게 너무 아까워서 얼른 다시 이불 속으로 기어든다. 그리고는 작은 아이처럼 맘속으로 아주 크게 외친다.

'야호, 일요일이다.'

일요일 아침이면 아이들은 원망스럽게도 다른 날보다 더 일찍 일어난다. 아이들이 냉장고 문을 여닫는 소리를 꿈결 속에 들으며 나는 늘 생각한다. 일요일엔 배도 안 고프면 참 좋겠는데, 일요일엔 화장실도 안 가면 좋을 텐데, 그저 이렇게 포근한 이불 속에서 마냥 누워만 있으면 참 좋을 텐데….

아이들이 틀어놓은 텔레비전에서 만화가 나오나 보다.

'욕심 버리면 즐거워요. 욕심 버리면 즐거워요. 하쿠나마 타타 하쿠나마타타.'

귀에 익은 노랫소리를 들으며 이불을 뒤집어쓰려는 순간, '욕심 버리면 즐거워요.' 하면서 몇 번씩 되풀이되는 후렴구가 가슴에 탁 와닿는다.

'그렇지! 바로 그건데, 바로 그거였는데….'

생각할수록 아쉽다. 아니, 아무리 남의 일이지만 아쉬운 정도가 아니라 너무나 아깝다. 그리고 헛웃음이 터진다.

얼마 전 형님이 주식을 샀다. 주위에서 하는 것을 보고는 공부도 할 겸 반찬값이나 벌어보겠다는 생각으로 시작했는데 짭짤하게 이익을 보았다. 남들은 한 달 내내 죽도록 부업을 해도 벌까 말까 한 돈을 단 며칠 만에 번 것이다. 그녀는 신이 나서 그릇도 사고 애들 옷도 사주고 또 자랑삼아 우리에게 점심도 사면서 행복해했다.

형님은 금방 꾼(?)이 되었다. 신문이며 책자며 주식에 관련된 것은 모두 사들였고 아침마다 증권사로 출근을 했다. 틈만 나면 컴퓨터 앞에 앉아서 시시각각 변하는 숫자와 씨름을 했다. 자신이 산 것이 조금만 오르면 콧노래가 나오고 조금만 떨어지면 얼굴이 하얗게 질려서 안절부절못하며 식구들한테 짜증을 냈다.

주위에서는 이제 그만 손을 떼라고 했지만, 딱 한 번만 하겠다던 그녀는 이제 시작인데 그만두라니 말도 안 된다며 액수를 늘려나갔다.

"차 한 대 뽑는 건 시간문제다. 멋지게 한번 보여 줄 테니 조금만 기다려라."

그녀는 자신만만했고 정말 돈복이 있는지 하루에도 많은 돈을 벌었지만 그까짓 것은 푼돈밖에 안 된다며 점점 더 배짱이 커졌다.

투자금액은 점점 늘어났고 적금을 해약하고 아이들 백일

때 들어온 금반지까지 모두 팔아서 주식에 투자하더니만 이젠 대출까지 받았다.

처음엔 몇만 원만 남아도 그렇게 좋아하던 형님은 시간이 가고 액수가 커질수록 일이백 남는 것에 만족하기는커녕 더 남기지 못한 것을 속상해했다.

어느 날, 기가 막힌 일이 생겼다. 형님이 새로운 주식을 매입하자마자 상한가를 쳤다. 다음 날도 그다음 날도, 하루하루가 조마조마했다. 그 정도면 충분하니 그만 팔라고 충고가 이어졌지만 그녀는 만족할 수 없다며 원금의 다섯 배만 되면 정리를 하겠다고 했다. 그녀의 말처럼 주가는 하늘 높은 줄 모르고 치솟더니 얼마 되지 않아 정말 다섯 배가 되었다. 그녀는 얼른 계산을 해 보았다. 하루만 더 오른다면 엄청난 차이였다. 큰돈을 벌려면 그 정도 배짱은 있어야지, 하루만 더 두고 보자.

다음 날, 또 한 번 기가 막힌 일이 벌어졌다.

형님이 갖고 있는 주식은 아무도 사자는 이 없이 하한가를 찍었다. 그리고 다음 날도 또 다음 날도, 하늘 높은 줄 모르고 치솟던 주식이 아래로 아래로 끝없이 곤두박질쳐댔다.

반찬값이나 벌어보려고 남편도 모르게 시작했던 주식이었다. 그러던 것이 처음 몇 푼 버는 재미에 맛을 들여 돈이라고 생긴 것은 모두 긁어모아 투자를 했고 거짓말처럼 불어나다가 한순간에 폭싹 허사가 되어버린 것이다.

하루 전에만 팔 걸, 아니 두 배 남았을 때 그냥 팔고 손뗄 걸. 형님은 불면증에 시달렸다. 그리고 이젠 본전만 되면 정말 손을 떼리라, 다시는 이놈의 주식은 거들떠보지도 않으리라 다짐했다. 그녀는 다행히 거기에서 몇십만 원의 차액을 남기고 주식을 팔았다. 그러나 돈을 벌었다고 생각하지 않았다. 늘 그때 팔았더라면 다섯 배가 남았는데, 그러질 못해서 그 많은 돈을 손해 봤다고 생각했다. 그래서 늘 가슴앓이를 하며 지냈다.

만화가 드디어 끝났나 보다. 아이들이 방으로 들어오며 배고프다고 야단이다. 나는 부엌으로 떠밀려 가면서 흥얼거린다.

'욕심 버리면 즐거워요, 욕심 버리면 즐거워요.'

하늘이 유난히 파란 행복한 일요일 아침이다.

김 효 진 수 필 집

바람 부는 날
강가에 서다